HERCULE POIROT QUITTE LA SCÈNE

*Collection de romans d'aventures
créée par Albert Pigasse*
www.lemasque.com

Agatha Christie

HERCULE POIROT QUITTE LA SCÈNE

Traduction révisée de Janine Lévy

ÉDITIONS DU MASQUE
17, rue Jacob, 75006 Paris

Titre original :

Curtain: Poirot's Last Case
publié par HarperCollins*Publishers*

ISBN : 978-2-7024-4116-9

© Conception graphique et maquette : WE-WE

The AC Monogram logo is a trademark, and AGATHA CHRISTIE,
POIROT and the Agatha Christie Signature are registered
trademarks of Agatha Christie Limited
in the UK and elsewhere.
All rights reserved.

Curtain: Poirot's Last Case : Copyright © 1975, Agatha Christie Limited.
All rights reserved.
© 1976, Librairie des Champs-Élysées, pour la traduction française.
© 2014, éditions du Masque, un département des éditions
Jean-Claude Lattès, pour la présente édition.

*Tous droits de traduction, reproduction, adaptation,
représentation réservés pour tous pays.*

1

Qui n'a jamais été saisi d'un soudain pincement au cœur lorsqu'il est amené à revivre une situation ancienne ou à ressentir une émotion autrefois éprouvée ?

« J'ai déjà connu ça il y a bien longtemps... »

Pourquoi ces quelques mots nous troublent-ils toujours si profondément ?

C'était la question que je me posais tandis que, confortablement installé dans mon compartiment de chemin de fer, je regardais défiler sous mes yeux le plat paysage de l'Essex.

Combien de décennies s'étaient-elles donc écoulées depuis que j'avais effectué ce même voyage ? Quand donc, blessé au cours de cette guerre de 14 qui devait être à jamais pour moi *la* guerre – pourtant balayée maintenant par une autre, encore plus atroce –, quand donc avais-je eu ce sentiment, grotesque, que le meilleur de ma vie était derrière moi ?

C'était en 1916, et le jeune Arthur Hastings avait l'impression d'être déjà vieux et aguerri. Je ne me rendais absolument pas compte, à l'époque, que pour moi la vie ne faisait que commencer.

J'allais alors, sans le savoir, au-devant de l'homme dont l'influence devait modeler et transformer mon existence. En réalité, je me rendais chez mon ami John Cavendish, dont la mère, récemment remariée, possédait à la campagne une propriété baptisée Styles Court. D'agréables retrouvailles avec une vieille connaissance, voilà tout ce que j'envisageais, sans me douter que j'allais bientôt plonger dans les noirs arcanes d'un meurtre mystérieux.

Car c'était à Styles Court que j'avais, à cette occasion, retrouvé Hercule Poirot, cet étrange petit bonhomme dont j'avais préalablement fait la connaissance en Belgique.

Je me rappelle encore ma stupeur quand un beau matin, je l'avais aperçu clopinant dans la grand-rue du village : silhouette rebondie, crâne ovoïde et moustache généreuse.

Hercule Poirot ! Depuis ce jour béni, il avait été mon ami le plus cher, dont l'influence sur ma vie avait été déterminante. Nous pourchassions ensemble un assassin lorsque j'avais fait la connaissance de ma femme, la compagne la plus douce et la plus fidèle dont un homme puisse rêver.

Elle reposait maintenant en terre d'Argentine, ayant connu une mort comme elle l'aurait souhaitée, sans souffrances interminables et sans avoir eu à subir la lente déchéance de la vieillesse. Mais elle avait laissé derrière elle un homme très seul et très malheureux.

Ah ! si j'avais pu retourner en arrière et reprendre ma vie à son tout début ! Si seulement je pouvais revenir à ce jour de 1916, où j'étais arrivé à Styles pour la première fois... Que de changements s'étaient produits depuis ! Que de vides, d'abord, que d'absents dans les rangs des visages familiers ! Même Styles Court avait été vendu. John Cavendish était mort mais sa femme, Mary – créature énigmatique et fascinante –, vivait toujours dans le Devonshire. Lawrence était maintenant installé en Afrique du Sud avec son épouse et sa progéniture. Changements... changements... tout n'était que changements.

Curieusement, un point et un seul – mais oh ! combien essentiel – était resté identique : je me rendais à Styles et j'y retrouverai Hercule Poirot.

Quelle n'avait pas été ma surprise de recevoir de lui un courrier, à l'en-tête de Styles Court, Styles, Essex !

Il y avait près d'un an que je n'avais vu mon vieil ami. Notre dernière rencontre avait été pour moi un choc et m'avait attristé. C'était maintenant un vieillard, que l'arthrite rendait presque impotent. Il était depuis lors allé en Égypte dans l'espoir de se requinquer mais, à en croire sa lettre, il en était revenu plus mal en point qu'il ne l'était à son départ. Néanmoins, le ton de la missive était fort guilleret :

... Et l'adresse d'où je vous écris ne vous intrigue-t-elle pas, mon ami ? Ne vous rappelle-t-elle pas le bon vieux temps ? Oui, c'est bien ici que je suis, à Styles Court. Figurez-vous que c'est devenu ce qu'il est convenu d'appeler une pension de famille, tenue par un de vos vieux colonels férocement « british » : très vieille école et « retour des Indes ». C'est sa femme, comme de bien entendu, qui veille au tiroir-caisse. C'est une excellente administratrice, celle-là, mais elle a la langue trempée dans l'acide et le pauvre colonel n'est pas tous les jours à la fête. À sa place, je l'aurais déjà attaquée à la machette.

Je suis par hasard tombé sur leur publicité dans un journal et la fantaisie m'a pris de revenir au premier endroit qui ait, dans ce pays, accueilli le réfugié que j'étais à l'époque. À mon âge, que voulez-vous, on aime à revivre le passé.

Et imaginez-vous que je suis tombé ici sur un baronnet, homme du meilleur monde et qui est de surcroît l'ami intime de l'employeur de votre fille. (Cette phrase, ne dirait-on pas un exercice de grammaire française ?)

Ledit baronnet a convaincu les Franklin de passer l'été ici. Du coup, j'ai immédiatement conçu un plan. À mon tour, je vous engage à venir, et nous serons ainsi tous ensemble, en famille. Ce sera infiniment agréable. Par conséquent, mon cher Hastings, dépêchez-vous, accourez aussi vite que vous pourrez. J'ai retenu pour vous une chambre avec bain (cette chère maison, rendez-vous compte, a été modernisée !)

et, suite à une âpre discussion avec « la colonelle » Luttrell, j'ai obtenu pour vous un prix que j'estime raisonnable.

Les Franklin et votre adorable Judith sont ici depuis quelques jours. Tout est arrangé, alors ne faites pas d'histoires.

À bientôt,
Vôtre dévoué,
Hercule Poirot

La perspective était alléchante et je ne fis aucune objection au désir de mon vieil ami. Rien ne me retenait, je n'avais plus de foyer. Quant à mes enfants... Un des garçons était dans la Marine, l'autre marié et à la tête d'un ranch en Argentine. Ma fille Grâce avait épousé un militaire et se trouvait pour le moment en Inde. La dernière, Judith, bien que je n'aie jamais réussi à la comprendre, avait toujours été secrètement ma préférée. C'était une enfant bizarre, sombre et mystérieuse, qui n'en faisait jamais qu'à sa tête, ce qui m'offensait et m'affligeait souvent. Ma femme, plus tolérante, m'assurait qu'il ne s'agissait pas, chez Judith, d'un manque de confiance à notre égard, mais plutôt d'un irrépressible besoin de s'affirmer. Cependant, comme moi-même, cette enfant l'inquiétait parfois. Judith éprouvait des émotions trop violentes, trop intenses, et sa réserve instinctive la privait d'une soupape de sûreté. Elle avait d'étranges accès de mutisme mélancolique et des idées fort arrêtées qu'elle défendait bec et ongles. C'était cependant le cerveau de la famille et nous avions accepté avec joie de l'envoyer à l'université. Elle avait obtenu son diplôme en sciences l'année précédente et avait été engagée comme assistante par un médecin spécialisé dans les recherches sur les maladies tropicales. La femme du médecin était plus ou moins souffrante.

Il m'arrivait de me demander si la passion de Judith pour son travail ainsi que son dévouement envers son employeur ne l'exposaient pas au risque de laisser son cœur dans l'aventure, mais leurs relations reposaient sur une solide base professionnelle qui me rassurait.

Je pense que Judith avait de l'affection pour moi, mais elle était d'un naturel peu démonstratif et se montrait souvent méprisante et agacée par mes idées qu'elle qualifiait de sentimentales et démodées. Pour dire la vérité, j'avais un peu peur de ma fille !

J'en étais là de mes méditations quand le train s'arrêta en gare de Styles St Mary. Celle-ci, au moins, n'avait pas changé. Le temps avait passé mais elle se dressait toujours avec autant d'incongruité en plein champ, sans que son existence même ait la moindre raison apparente.

Cependant, comme mon taxi traversait le village, je fus bien obligé de constater que les années avaient accompli leur œuvre : avec ses stations-service, son cinéma, ses deux nouvelles auberges et ses rangées de logements sociaux, Styles St Mary était méconnaissable.

Quinze cents mètres plus loin, nous tournâmes enfin pour entrer dans Styles Court. Là, on avait de nouveau l'impression de quitter les temps modernes. Le parc était tel que dans mon souvenir, mais l'allée mal entretenue et le gravier envahi par les mauvaises herbes. Passé le dernier virage, nous aperçûmes la maison, inchangée de l'extérieur quoique ayant grand besoin d'une couche de peinture.

Comme lors de mon arrivée des années auparavant, une silhouette féminine était penchée sur un parterre de fleurs. Mon cœur s'arrêta de battre. Puis, alors que la femme se redressait et venait vers moi, je me mis à rire de moi-même : on ne pouvait pas imaginer plus grand contraste avec la robuste Evelyn Howard.

Celle-là était une vieille dame frêle, à l'abondante chevelure blanche et bouclée, aux joues roses et aux yeux d'un bleu pâle et froid en contradiction absolue avec l'aisance et la cordialité de ses manières, à la vérité un rien trop emphatiques pour mon goût.

— Vous êtes le capitaine Hastings, n'est-ce pas ? me demanda-t-elle. Et moi qui suis là à ne pouvoir vous serrer la main, toute crottée de boue que je suis ! Nous sommes enchantés de vous avoir ici – nous avons tant entendu parler de vous ! Permettez-moi de me présenter. Je suis Mme Luttrell. Mon mari et moi avons acheté cette maison dans un moment d'aberration – un coup de tête, comme on dit – et nous nous efforçons de la rentabiliser. Je n'aurais jamais imaginé que je me retrouverais un jour en tenancière de garni ! Mais je vous préviens, capitaine Hastings, je suis avant tout femme d'affaires. Je n'aime rien tant que facturer des suppléments !

Nous eûmes beau éclater de rire tous les deux, comme à une bonne plaisanterie, il ne m'en vint pas moins à l'esprit que Mme Luttrell avait probablement énoncé la stricte vérité. Derrière le vernis de ses charmantes manières de vieille dame, j'avais eu la vision fugitive d'une dureté de silex.

En dépit de son fort accent irlandais, Mme Luttrell n'avait rien d'irlandais. C'était là, de sa part, pure affectation.

Je m'enquis de mon ami.

— Ah ! ce pauvre petit M. Poirot... Si vous saviez avec quelle impatience il vous attend ! Cela ferait fondre un cœur de pierre. Je suis désolée pour lui de le voir souffrir de cette façon.

Pendant que nous marchions vers la maison, elle retira ses gants de jardinage.

— Et votre charmante fille, poursuivit-elle, quelle ravissante jeune personne ! Nous sommes tous en admiration devant elle. Mais je suis très vieux jeu, vous savez, et il me semble que c'est péché qu'une jeune fille comme elle, qui devrait sortir et aller danser avec des garçons de son âge, passe toutes ses journées penchée sur un microscope ou s'échine à réduire des lapins en charpie. « Laissons ça aux souillons », voilà ce que je dis.

— Où est Judith ? demandai-je.

Mme Luttrell fit la grimace :

— Ah, la pauvre fille ! Elle est enfermée dans l'atelier au fond du parc. Le docteur Franklin me l'a loué et l'a aménagé. Il y a enfermé de malheureuses créatures : des cobayes, des souris et des lapins. Je ne suis pas sûre d'aimer toute cette science, capitaine Hastings. Ah ! voilà mon mari.

Le colonel Luttrell venait d'apparaître au coin de la maison. C'était un vieil homme très grand et décharné, au visage cadavérique, aux doux yeux bleus et qu'un tic nerveux semblait contraindre à tirailler d'un air hésitant sa petite moustache blanche.

Il paraissait distrait et plutôt mal à l'aise.

— Ah ! George, voici le capitaine Hastings.

Le colonel Luttrell me serra la main :

— Vous êtes arrivé par le train de 17 h 40, n'est-ce pas ?

— Par quel autre train aurait-il bien pu arriver ? releva vivement Mme Luttrell. Et quelle importance, de toute façon ? Montre-lui sa chambre, George. Ensuite, peut-être voudra-t-il aller directement retrouver M. Poirot – ou bien désirez-vous prendre d'abord le thé ?

Je déclinai son offre : je préférais aller saluer mon ami.

— Très bien, dit le colonel. Venez. J'imagine… euh… qu'on a déjà monté vos bagages… n'est-ce pas, Daisy ?

15

— C'est ton affaire, George, répondit sèchement Mme Luttrell. Je faisais du jardinage. Je ne peux pas avoir l'œil à tout.

— Non, non, bien sûr que non. Je... je vais m'en occuper, ma chérie.

Je grimpai le perron à sa suite. Sur le seuil de la porte, nous croisâmes un homme aux cheveux gris, plutôt frêle, qui se précipitait dehors en boitillant. Il avait un visage d'enfant surexcité et brandissait une paire de jumelles.

— Il y a un c-couple de fauvettes à tête noire qui fait son n-nid là-bas, dans le sycomore, déclara-t-il en bégayant.

— C'est Stephen Norton, expliqua Luttrell tandis que nous pénétrions dans le hall d'entrée. Un gentil garçon. Fou des oiseaux.

Au milieu du hall, un homme de très haute taille se tenait près du téléphone. Il venait visiblement de raccrocher.

— J'aimerais pouvoir pendre, éviscérer et écarteler tous ces maudits entrepreneurs ! éructa-t-il en nous prenant manifestement à témoin de son courroux. Ils ne sont pas fichus de faire quoi que ce soit correctement !

Sa colère était si comique, son air si lugubre, que nous éclatâmes de rire tous les deux. Je fus immédiatement séduit par le personnage. En dépit de sa cinquantaine largement entamée, il avait très belle allure. Et sa peau tannée trahissait l'homme qui a longtemps vécu au grand air. C'était le type même, devenu de plus en plus rare, de l'Anglais de la vieille école, direct, résolu et doté d'une autorité naturelle.

Je ne fus donc pas surpris, quand le colonel Luttrell me le présenta, de découvrir qu'il s'agissait de sir William Boyd Carrington, qui avait connu un éclatant succès en tant que gouverneur d'une province aux Indes. Il était également renommé comme tireur d'élite et chasseur de gros gibier. Le genre d'homme, me dis-je tristement, que notre époque de dégénérescence généralisée ne semblait plus capable d'engendrer.

— Tiens donc ! Je suis heureux de faire la connaissance du fameux « mon cher Hastings » ! déclara-t-il en riant. Notre ami belge n'arrête pas de parler de vous, vous savez. Et puis, nous avons ici votre fille. Une magnifique créature.

— Judith ne doit pas parler souvent de moi, remarquai-je en souriant.

— Non, non, elle est beaucoup trop moderne. Les filles, aujourd'hui, ont toujours l'air gêné d'avoir à admettre qu'elles ont un père et une mère.

— Les parents, fis-je observer, sont presque considérés comme une tare rédhibitoire.

— Ma foi, je n'en souffre pas, dit Boyd Carrington en riant de plus belle. Manque de chance : je n'ai pas d'enfants. Votre Judith est une très belle fille mais une sacrée intellectuelle. Je trouve cela plutôt inquiétant.

Puis, reprenant le combiné, il s'adressa à Luttrell :

— J'espère que vous ne verrez pas d'inconvénient, à ce que j'envoie votre central téléphonique au diable. La patience n'est pas ma vertu première.

— Ça ne leur fera pas de mal, opina le colonel.

Je suivis Luttrell dans l'escalier. Il me guida jusqu'au bout de l'aile gauche de la maison, et je découvris que Poirot avait choisi pour moi la chambre que j'avais occupée autrefois.

En passant, dans le couloir, devant des portes ouvertes, je vis qu'on avait, ici et là, apporté des changements. Les anciennes et vastes chambres à coucher avaient été divisées. Mais la mienne, qui n'avait jamais été très grande, était restée intacte, mis à part l'installation d'une minuscule salle de bains dotée d'eau chaude. Je fus déçu par son ameublement moderne et bon marché. J'aurais préféré un style plus en accord avec l'architecture de la maison.

Mes bagages étaient là, et le colonel m'expliqua que la chambre de Poirot se trouvait juste de l'autre côté du couloir. Il allait m'y conduire quand un « George ! » aussi retentissant que comminatoire monta du hall.

Le colonel se jeta en arrière, tel un cheval effrayé, et porta la main à sa moustache :

— Je... je... vous êtes sûr que vous avez tout ce qu'il vous faut ? Sonnez-moi si vous avez besoin de...

— *George !*

— J'arrive, ma chérie, j'arrive !

Il se précipita. Je le suivis des yeux un moment, puis, le cœur battant légèrement plus vite, je traversai le couloir et allai frapper chez Poirot.

2

Rien, à mon humble avis, n'est plus triste que les ravages que peuvent causer les ans.

Mon pauvre ami... Je l'ai bien souvent décrit. Si souvent qu'il ne me reste plus guère désormais qu'à constater les changements. Perclus d'arthrite, il se déplaçait en fauteuil roulant. Ses formes, jadis un tantinet rondouillardes, avaient fondu et sa carcasse s'était comme affaissée. C'était un petit homme maigre, à présent, au visage ridé. Sa moustache et ses cheveux, il est vrai, affichaient encore un noir de jais mais, sincèrement, bien que pour rien au monde je n'eusse voulu le blesser en le lui signalant, c'était là une erreur. Arrive un moment où la teinture devient par trop criante. Il fut un temps où j'avais été étonné d'apprendre que la couleur des cheveux de Poirot sortait d'une bouteille. Mais aujourd'hui, le subterfuge était évident et donnait simplement l'impression qu'il portait une perruque et avait décoré sa lèvre supérieure pour amuser les enfants.

Seuls ses yeux étaient restés ce qu'ils étaient : perçants, pétillants, et à présent… oui, sans aucun doute… adoucis par l'émotion.

— Ah ! mon ami… mon cher Hastings…

Je me penchai jusqu'à l'effleurer et, selon son habitude bien continentale, il m'embrassa sur les deux joues :

— Hastings, mon très cher !

Il se carra contre le dossier de son fauteuil et, la tête légèrement penchée de côté, m'observa :

— Oui, vous êtes toujours le même : le dos droit, les épaules larges, les cheveux élégamment grisonnants… Tout ça est d'un distingué ! Vous savez, mon cher, vous êtes encore rudement bien pour votre âge. Et la gent féminine ? Elle vous court toujours autant après ? Oui ?

— Vraiment, Poirot ! m'offusquai-je. Est-ce qu'il faut absolument…

— Mais c'est là un test, mon cher ami, je vous assure… C'est même là le test. Quand seules les très jeunes filles font cercle autour de vous et vous parlent avec gentillesse – oh ! une si grande gentillesse –, c'est que vous êtes fini ! « Le pauvre vieux, se disent-elles, il faut que nous nous montrions pleines d'attentions pour lui. Ça doit être atroce de se trouver dans un état pareil. » Mais vous, Hastings, vous êtes encore jeune. Tous les plaisirs sont encore à votre portée. Mais oui, c'est ça, c'est bien ça : tordez votre moustache, rentrez la tête dans les épaules… vous voyez bien que je ne me trompe pas, sinon pourquoi auriez-vous l'air aussi gêné ?

J'éclatai de rire :

— Vraiment, vous dépassez les bornes, Poirot ! Et comment allez-vous vous-même ?

— Moi ? répondit Poirot avec une grimace. Je ne suis qu'une épave. Une ruine. Je ne peux plus mettre un pied devant l'autre. Je suis infirme et impotent. Grâce au ciel, je peux encore m'alimenter, pour le reste je suis aussi dépendant qu'un bébé. On doit me mettre au lit, me laver, m'habiller... Tout ça n'a rien de folichon, c'est moi qui vous le dis. Par bonheur, si l'extérieur est délabré, le noyau reste encore solide.

— Oui, en effet. Le cœur le plus solide du monde.

— Le cœur ? Après tout, peut-être bien. Mais je ne pensais pas au cœur, voyez-vous. Le cerveau, mon cher, voilà ce que j'entendais par le noyau. Mon cerveau fonctionne encore avec une prodigieuse acuité.

En tout cas, il était clair qu'aucune détérioration dudit cerveau n'était intervenue au chapitre de la modestie.

— Et vous êtes heureux ici ? demandai-je.

Poirot haussa les épaules :

— Je m'en accommode. Bien sûr, ce n'est pas le Ritz. Pas vraiment, non. La chambre qu'on m'avait attribuée était à la fois minuscule et inconfortable. J'ai déménagé dans celle-ci sans augmentation de prix. Quant à la cuisine, elle est anglaise dans ce que ce qualificatif a de pire. Des choux de Bruxelles énormes et coriaces, comme les Anglais en raffolent. Des pommes de terre bouillies pas assez ou trop cuites. Des légumes qui ont le goût de l'eau, de l'eau, et encore de l'eau. Des plats absolument dépourvus de sel et de poivre...

Il s'arrêta avec une mimique éloquente.

— Ça m'a l'air effroyable, dis-je.

— Je ne me plains pas, reprit Poirot poursuivant néanmoins la liste de ses récriminations. Et il y a aussi cette prétendue modernisation. Des salles de bains, des robinets partout et qu'est-ce qui en sort ? De l'eau à peine tiède, mon ami. Et les serviettes ! D'une minceur... !

— Il y aurait bien des choses à dire en faveur du bon vieux temps, remarquai-je, songeur.

Je me rappelais les nuages de vapeur qui jaillissaient du robinet d'eau chaude de l'unique salle de bains que possédait alors Styles, une salle de bains au milieu de laquelle trônait fièrement une énorme baignoire aux parois d'acajou, dans laquelle on versait régulièrement de l'eau que l'on faisait bouillir dans de rutilants pots de cuivre. Je me rappelais aussi les immenses serviettes de bain.

— Mais il ne faut pas se plaindre, répéta Poirot. Je suis heureux de souffrir... pour une bonne cause.

Une idée me frappa soudain :

— Dites-moi, Poirot, vous ne seriez pas... euh... à court ? La guerre a porté un coup dur aux investissements...

Poirot me rassura aussitôt :

— Non, non, mon cher. Sur ce plan-là tout au moins, ma situation est très confortable. En fait, je serais même plutôt en fonds. Ce n'est pas par soucis d'économie que je suis venu ici.

— Dans ce cas, tout va bien, dis-je. Et je comprends parfaitement vos sentiments. Plus on avance en âge, plus on a tendance à se tourner vers le passé. On essaie de retrouver de vieilles émotions. Dans un sens, cela m'est pénible d'être ici, et cependant il me revient des centaines de pensées et de sentiments. Vous devez éprouver la même chose.

— Pas le moins du monde. Je ne ressens rien de tel.

— Ce furent pourtant des jours heureux, remarquai-je avec nostalgie.

— Parlez pour vous, Hastings. En ce qui me concerne, l'époque de mon séjour à Styles St Mary a été bien malheureuse. J'étais réfugié, blessé, exilé de chez moi et de mon pays, vivant de charité en terre étrangère. Non, ce n'était pas gai. Je ne savais pas alors que l'Angleterre allait devenir ma patrie et que j'y trouverais le bonheur.

— Je dois reconnaître que je l'avais oublié.

— Exactement. Vous avez la manie d'attribuer aux autres les sentiments qui sont les vôtres : Hastings était heureux – tout le monde était heureux.

— Non, non, protestai-je en riant.

— Et de toute façon ce n'est pas vrai, continua Poirot. Vous regardez en arrière et, les larmes aux yeux, vous vous dites : « Ah ! c'était le bon temps. J'étais jeune, à l'époque. » Mais en vérité, mon ami, vous n'étiez pas aussi heureux que vous le pensez. Vous aviez été grièvement blessé, vous étiez dans tous vos états parce que vous n'étiez plus bon pour le service actif, vous aviez fait un séjour on ne peut plus déprimant dans une maison de convalescence et, histoire sans doute de tout arranger, vous aviez, autant que je m'en souvienne, trouvé moyen de tomber amoureux de deux femmes à la fois.

Je ris – sans pour autant parvenir à ne pas rougir :

— Quelle mémoire vous avez, Poirot !

— Oh là là ! Je réentends tout à coup les soupirs mélancoliques que vous poussiez en murmurant des fadaises à propos de ces deux exquises créatures.

— Et vous m'avez déclaré : « Ni l'une ni l'autre n'est pour vous ! Mais haut les cœurs, mon cher. Il se peut que nous chassions de nouveau ensemble et alors, qui sait... »

Je m'arrêtai. Car Poirot et moi avions pourchassé un criminel en France, et c'était là que je l'avais rencontrée, l'épouse, la femme, la seule et unique...

Mon ami me tapota gentiment le bras :

— Je sais, Hastings, je sais. La blessure est encore fraîche. Mais ne ruminez pas comme ça. Ne regardez pas en arrière, regardez devant vous.

Je fis un geste de dégoût :

— Devant moi ? Que pourrait-il bien y avoir devant moi ?

— Ma foi, mon ami, il y a toujours du travail à accomplir.

— Du travail ? Où ça ?

— Ici.

J'écarquillai les yeux.

— Vous me demandiez à l'instant pourquoi j'étais venu ici. Peut-être n'avez-vous pas remarqué que je ne vous avais pas répondu. Je vais le faire à présent. Je suis là pour traquer un meurtrier.

Encore plus stupéfait, je crus d'abord qu'il radotait :

— Vous parlez sérieusement ?

— Mais bien sûr. Pour quelle autre raison vous aurais-je pressé de me rejoindre ? Mes membres ne me soutiennent plus mais mon cerveau, comme je vous l'ai dit, est au meilleur de sa forme. Ma règle, si vous vous en souvenez, a toujours été la même : s'installer dans un bon fauteuil et réfléchir. Ça, je peux toujours le faire. En réalité, c'est la seule chose que je puisse faire. Pour l'aspect le plus actif de la campagne, j'aurai auprès de moi mon inestimable Hastings.

— Vous parlez vraiment sérieusement ? balbutiai-je.

— Évidemment. Vous et moi, Hastings, nous allons partir en chasse une fois de plus.

Il me fallut quelques minutes pour admettre que Poirot ne plaisantait pas.

Si ahurissante que fût sa déclaration, je n'avais aucune raison de mettre son jugement en doute.

Avec un léger sourire, il ajouta :

25

— Vous êtes enfin convaincu, n'est-ce pas ? Vous avez d'abord pensé que je souffrais d'un ramollissement du cerveau ?

— Non, non, niai-je précipitamment. Seulement, cela paraissait si peu vraisemblable dans cet endroit...

— Ah ! c'est ce que vous pensez ?

— Évidemment, je n'ai pas encore vu tout le monde...

— Qui avez-vous rencontré ?

— Seulement les Luttrell, un dénommé Norton, qui paraît bien inoffensif, et Boyd Carrington... pour lequel, je dois l'avouer, je me suis pris d'une vive sympathie.

Poirot hocha la tête :

— Eh bien, Hastings, je peux vous dire que, lorsque vous aurez fait la connaissance du reste de la maisonnée, ma déclaration vous paraîtra tout aussi invraisemblable que maintenant.

— Qui se trouve encore ici ?

— Les Franklin – le docteur et madame –, l'infirmière qui s'occupe de Mme Franklin, votre fille Judith, un dénommé Allerton – le type même du tombeur de ces dames –, et une certaine Mlle Cole, une femme dans la trentaine. Tous aussi sympathiques les uns que les autres.

— Et l'un d'eux est un meurtrier ?

— Et l'un d'eux est un meurtrier.

— Mais pourquoi... comment... pourquoi pensez-vous que...

Je n'arrivais pas à formuler mes questions, elles se bousculaient les unes les autres.

— Du calme, Hastings. Commençons par le commencement. Passez-moi, s'il vous plaît, le porte-documents qui se trouve sur le bureau. Bien. Et maintenant, la clé... voilà...

Il en sortit une pile de feuillets dactylographiés et de coupures de presse :

— Vous pourrez étudier tout ça à loisir, Hastings. Pour l'instant, je laisserais de côté, si j'étais vous, les articles de journaux. Ce sont pour la plupart des comptes rendus de tragédies diverses, parfois inexacts, parfois évocateurs. Pour vous donner une idée de ces affaires, je vous suggère de parcourir le résumé que j'en ai fait.

Très intéressé, je me mis à lire aussitôt.

AFFAIRE A. ETHERINGTON

Leonard Etherington. Habitudes déplorables : se drogue et boit également. Personnage étrange et sadique. Épouse jeune et séduisante. Terriblement malheureuse avec lui. Etherington meurt, apparemment d'une intoxication alimentaire. Le médecin n'est pas satisfait. Résultat de l'autopsie : la mort est due à un empoisonnement par l'arsenic. Des réserves d'herbicide dans la maison, mais achetées longtemps auparavant. Mme Etherington arrêtée et accusée de meurtre. Elle s'était récemment liée d'amitié avec un fonctionnaire qui partait pour les Indes. Aucune preuve d'infidélité, mais évidente et profonde amitié réciproque. Jeune homme fiancé depuis à une jeune fille rencontrée au cours de son voyage de retour. Incertitude en ce qui concerne la date de réception de la lettre informant Mme Etherington de l'événement : avant ou après la mort de son mari ? Elle-même dit : avant. Preuves contre elle essentiellement indirectes : absence d'autre suspect et accident hautement improbable. Au tribunal, a éveillé une vive sympathie en raison du caractère du mari et des mauvais traitements qu'il lui avait fait subir. Lors de son résumé des débats, le juge est intervenu en sa faveur, en invoquant le bénéfice du doute.

Mme Etherington a été acquittée. Cependant, de l'avis général, elle était coupable. A connu ensuite une vie très difficile, ses amis lui battant froid. Morte d'une overdose de somnifère deux ans après le procès. Conclusion de l'enquête : mort accidentelle.

AFFAIRE B. MISS SHARPLES

Vieille fille. Invalide. Difficile, souffrant beaucoup. Soignée par sa nièce, Freda Clay. Mlle Sharples est morte d'une overdose de morphine. Freda Clay a reconnu avoir fait une erreur, a dit que sa tante souffrait tellement qu'elle n'avait pas pu le supporter et avait augmenté sa dose de morphine pour la soulager. Pour la police, il ne s'agissait pas d'une erreur mais d'un acte délibéré, cependant a considéré que les preuves étaient insuffisantes pour poursuivre.

AFFAIRE C. EDWARD RIGGS

Ouvrier agricole. Soupçonne sa femme de le tromper avec Ben Craig, leur locataire. On trouve Craig et Mme Riggs tués par balles. Les balles proviennent du fusil de Riggs. Riggs se livre à la police, suppose qu'il est sans doute l'auteur du crime mais ne se souvient de rien. Condamné à mort, sentence commuée ensuite en détention à perpétuité.

AFFAIRE D. DEREK BRADLEY

Engage une liaison avec une jeune fille. Sa femme le découvre, menace de le tuer. Bradley meurt après avoir bu de la bière empoisonnée par du cyanure de potassium. Mme Bradley est arrêtée et jugée pour meurtre. S'effondre au cours du contre-interrogatoire. Condamnée et pendue.

AFFAIRE E. MATTHEW LICHTFIELD

Vieux tyran domestique. Quatre filles chez lui, privées d'argent et de toute espèce de distractions. Un soir, en rentrant, est attaqué devant sa porte et tué d'un coup sur la tête. Plus tard, après l'enquête, Margaret, l'aînée des filles, pénètre dans les locaux de la police et avoue être l'auteur du meurtre. Elle l'a fait, dit-elle, afin que ses plus jeunes sœurs puissent encore avoir une vie à elles avant qu'il ne soit trop tard. Lichtfield laissait une grosse fortune. Margaret Lichtfield fut jugée irresponsable et envoyée à Broadmoor, mais mourut peu de temps après.

Je lus tout cela avec beaucoup d'attention, mais aussi un étonnement grandissant. Je reposais ma feuille et regardai Poirot d'un air interrogateur.

— Eh bien, mon ami ?

— Je me rappelle l'affaire Bradley, répondis-je lentement. Je l'avais suivie dans la presse à l'époque. C'était une très belle femme.

Poirot hocha la tête.

— Mais j'attends que vous m'éclairiez. Que signifie tout cela ?

— Dites-moi d'abord quelles conclusions vous en avez tiré.

Je lui fis part de ma perplexisté :

— Ce que vous m'avez fait lire, c'est le compte rendu de cinq meurtres différents. Ils ont tous eu lieu dans des endroits différents et au sein de classes sociales différentes. De plus, il ne semble y avoir entre eux aucun point commun. L'un est une affaire de jalousie, l'autre concerne une femme malheureuse qui veut se débarrasser de son mari, le troisième a l'argent pour mobile, un autre encore pourrait être qualifié d'altruiste puisque la meurtrière n'a pas cherché à se soustraire à son châtiment, et le cinquième est franchement brutal, commis probablement sous l'empire de la boisson. Y a-t-il un lien qui m'aurait échappé ? ajoutai-je après un instant de réflexion.

— Non, non, votre résumé était tout à fait exact. Le seul point que vous avez omis de mentionner, c'est que, dans aucune de ces affaires, il n'avait subsisté le moindre *doute*.

— Je ne suis pas sûr de vous comprendre.

— Mme Etherington, par exemple, a été acquittée. Pourtant, tout le monde était convaincu de sa culpabilité. Freda Clay n'a pas été accusée ouvertement, mais on n'a pas entrevu d'autre coupable. Riggs a déclaré ne pas se rappeler avoir tué sa femme et son amant, mais personne d'autre n'a été soupçonné. Margaret Lichtfield a avoué. Vous voyez, Hastings, dans toutes ces affaires il y a eu un suspect et un seul.

Je fronçai les sourcils :

— Oui, c'est vrai, mais qu'en déduisez-vous ?

— Ah ! mon cher ami, j'en viens à ce que vous ne savez pas encore. Supposez, Hastings, qu'il y ait, dans ces affaires, une réalité étrangère qui leur soit commune à toutes ?

— C'est-à-dire ?

— Je vais m'exprimer avec la plus grande prudence, Hastings, déclara lentement Poirot. Présentons les choses ainsi : il existe une certaine personne que l'on nommera X. Dans aucune de ces affaires X n'a apparemment le moindre intérêt à se débarrasser de la victime. Dans l'une, autant que j'aie pu m'en assurer, X se trouvait en fait à 300 km de la scène du crime. Cependant, je vous dirai ceci : X était un ami intime de Etherington, X a vécu un temps dans le même village que Riggs, X connaissait Mme Bradley. Je

31

possède un cliché de X et Freda Clay marchant ensemble dans la rue, et X n'était pas loin de la maison quand le vieux Matthew Lichtfield est mort. Que pensez-vous de ça ?

J'avais les yeux écarquillés. Je déclarai doucement :

— Oui, ça fait vraiment beaucoup. On pourrait admettre la coïncidence pour deux, à la rigueur trois affaires, mais cinq, ça dépasse la mesure. Si invraisemblable que cela paraisse, il doit y avoir un lien entre tous ces meurtres.

— Vous parvenez donc à la même conclusion que moi ?

— Que X est le meurtrier ? Oui.

— Dans ce cas, Hastings, vous serez disposé à faire encore un pas de plus avec moi. Laissez-moi vous dire ceci : *X est dans cette maison*.

— Ici ? À Styles ?

— À Styles. Et quelle conséquence logique peut-on en tirer ?

Je savais déjà le tour que prendrait la fin de la conversation quand je répondis :

— Allez-y. Dites-le.

Hercule Poirot déclara gravement :

— Il va bientôt se commettre un meurtre. Ici.

3

Je demeurai un moment consterné, puis je réagis.

— Non, dis-je, vous allez l'empêcher.

Poirot me lança un regard affectueux :

— Mon cher Hastings, combien j'apprécie la confiance que vous mettez en moi ! Tout de même, je ne suis pas certain qu'elle soit justifiée cette fois-ci.

— Ridicule. Bien sûr que vous allez éviter ça.

— Réfléchissez une minute, Hastings, reprit Poirot d'une voix grave. On peut confondre un meurtrier, oui. Mais comment fait-on pour empêcher un meurtre ?

— Eh bien, vous... vous... eh bien, je veux dire... si vous savez d'avance...

Désemparé, je m'interrompis, soudain conscient de la difficulté.

— Vous voyez ? Ce n'est pas si simple. En fait, il n'y a que trois méthodes. La première est de prévenir la victime. Cela ne réussit pas toujours parce qu'il est incroyablement difficile de faire comprendre à quelqu'un qu'il est menacé sans doute par un proche qui, de plus, lui est cher. Il est indigné et refuse de vous croire. La deuxième possibilité consiste à prévenir le meurtrier, en lui disant à mots couverts : « Je suis au courant de vos intentions. Si Untel meurt, vous serez très certainement pendu, mon cher. » Cette méthode-là réussit généralement mieux que la première, mais elle peut aussi échouer. Car un meurtrier, mon ami, est de toutes les créatures terrestres la plus vaniteuse. Il se croit toujours plus malin que les autres, il pense que personne ne le soupçonnera jamais, que la police se laissera abuser, etc. Par conséquent il (ou elle) poursuit son but et la seule satisfaction qui vous reste est de le (ou la) faire pendre ensuite. Deux fois dans ma vie, continua Poirot, songeur, il m'est arrivé de mettre en garde un meurtrier, une fois en Égypte, une autre fois ailleurs. Dans chaque cas le criminel était déterminé à tuer... Il pourrait bien se produire la même chose ici.

— Vous avez évoqué une troisième méthode, lui rappelai-je.

— Ah ! oui. Celle-ci exige la plus grande ingéniosité : vous devez deviner exactement quand et comment le coup a été prévu et être prêt à intervenir au moment propice. Vous devez prendre le meurtrier, sinon la main dans le sac, du moins être assuré, sans l'ombre d'un doute, de son intention de tuer. Et ça, mon ami, poursuivit Poirot, je vous assure que c'est un problème très difficile et très délicat et je ne me porterais jamais garant de son succès ! Je suis peut-être prétentieux, mais pas à ce point !

— Quelle méthode vous proposez-vous donc d'appliquer ici ?

— Les trois probablement. La première étant la plus compliquée.

— Pourquoi ? J'aurais cru, au contraire, que c'était la plus simple.

— Oui, si vous connaissez la victime présumée. Mais ne vous rendez-vous pas compte que je ne connais pas son identité ?

— Comment cela ?

J'avais réagi sans réfléchir. Puis je commençai à entrevoir les difficultés de la situation. Il y avait, il devait y avoir un lien entre cette série de crimes, mais nous ne le connaissions pas. Le mobile, point crucial, nous manquait. Et sans lui, nous ne pouvions pas savoir qui était menacé.

Poirot hocha la tête en voyant, à mon expression, que j'avais compris où le bât blessait.

— Vous voyez, mon ami, que ce n'est pas si aisé.

— Oui, acquiesçai-je, je ne le vois que trop bien. Jusqu'à présent, vous n'avez pas pu établir de rapport entre ces différentes affaires ?

Poirot secoua la tête :

— Aucun.

Je réfléchis. Dans les crimes d'A.B.C., nous nous étions attaqués à ce qui paraissait être une série alphabétique alors qu'en réalité il s'agissait de tout autre chose. Je demandai :

— Vous êtes sûr qu'il n'y a pas un lointain motif financier... rien qui ressemble à ce que vous avez découvert dans l'affaire Evelyn Carlisle ?

— Non. Vous pouvez être certain, mon cher Hastings, que c'est la première chose que je vérifie.

C'était la pure vérité. Poirot s'était toujours montré parfaitement cynique en ce qui concernait l'argent.

Je réfléchis encore. Une quelconque vendetta ? Cela paraissait davantage s'accorder avec les faits. Mais, même dans ce cas, le lien n'apparaissait pas. Je me rappelai avoir lu l'histoire d'une série de meurtres inexpliqués, avant que l'on découvre que les victimes avaient toutes fait partie d'un même jury, les crimes ayant été commis par l'homme qu'elles avaient condamné. Peut-être devrait-on chercher dans cette affaire une corrélation de ce type ? J'ai honte d'avouer que je gardai l'idée pour moi. Quel fleuron à ma couronne si j'avais pu apporter la solution à Poirot ! Au lieu de quoi, je demandai :

— Et maintenant, dites-le-moi. Qui est X ?

À ma grande déception, Poirot secoua fermement la tête :

— Ça, mon excellent ami, je ne vous le dirai pas.

— Mais c'est absurde ! Pourquoi ça ?

— Parce que, mon cher, répondit Poirot, les yeux brillants, vous êtes toujours le même vieux Hastings, vous avez toujours la même façon de vous trahir. Je ne tiens pas, comprenez-vous, à vous voir fixer X, la mâchoire pendante et votre visage exprimant clairement : « Là je suis en face d'un meurtrier ! »

— Vous pourriez me faire un peu crédit et m'estimer capable d'un minimum de dissimulation.

— Quand vous essayez de dissimuler, c'est encore pire. Non, non, mon ami, nous devons garder l'incognito, vous et moi. Après ça, quand viendra le moment, nous lui sauterons dessus.

— Espèce de vieux diable entêté ! m'écriai-je. Je ne sais pas ce qui me retient de…

Comme on frappait à la porte, je m'interrompis. « Entrez », dit Poirot, et ma fille Judith fit son apparition.

J'aimerais pouvoir vous décrire Judith, mais je n'ai jamais été très doué pour ce genre d'exercice.

Judith est grande, elle tient la tête haute, elle a des sourcils noirs bien alignés et un visage d'un très joli ovale. Elle a l'air grave et un rien hautain, et elle m'a toujours donné l'impression de baigner dans un halo de tragédie.

Judith ne vint pas m'embrasser – ce n'est pas dans ses habitudes. Elle se contenta de me sourire et de dire : « Bonjour, père. »

Bien qu'un peu embarrassé, son sourire me donna à penser que, en dépit de sa réserve, elle était contente de me voir.

— Eh bien, dis-je, me sentant ridicule comme presque toujours en présence de la jeune génération, me voilà !

— Quelle bonne idée d'être venu, père !

— J'étais en train de lui parler de la cuisine, déclara Poirot.

— Elle est si mauvaise que ça ?

— Vous ne devriez pas avoir à poser la question, mon enfant. Vous ne pensez donc qu'à vos tubes à essais et à vos microscopes ? Votre médius est taché de bleu de méthylène. Je plains votre mari si vous vous désintéressez de son estomac.

— Je pense que je n'aurai pas de mari.

— Mais bien sûr que vous aurez un mari. Pourquoi le bon Dieu vous a-t-il créée ?

— Pour beaucoup de choses, j'espère, répliqua Judith.

— Pour le mariage d'abord.

— Très bien, répondit Judith. Alors vous allez me trouver un gentil petit mari et je prendrai bien soin de son estomac.

— Elle se moque de moi, remarqua Poirot. Mais un jour elle comprendra combien les vieux messieurs ont raison.

On frappa de nouveau à la porte et le Dr Franklin entra. C'était un homme d'environ 35 ans, grand et au physique anguleux, à la mâchoire volontaire, aux cheveux roux et aux yeux bleu vif. C'était l'individu le plus gauche que j'aie jamais connu, qui se cognait d'un air absent à tout ce qu'il rencontrait.

Il heurta le paravent qui entourait le fauteuil de Poirot, tourna vaguement la tête et murmura machinalement :

— Je vous demande pardon.

Cela me donna très envie de rire mais je remarquai que Judith ne quittait pas son air grave.

C'était un spectacle dont elle avait l'habitude, j'imagine.

— Vous vous rappelez mon père ? dit-elle.

Le Dr Franklin sursauta, fit un brusque écart, plissa les paupières, fixa les yeux sur moi, puis me tendit gauchement la main et déclara :

— Bien sûr, bien sûr… comment allez-vous ? Je savais que vous deviez venir.

Se tournant vers Judith, il ajouta :

— Il faut se changer, vous croyez ? Sinon, nous pourrions travailler encore un peu après le dîner. Avec quelques lames déjà prêtes…

— Non, répliqua Judith. Je voudrais parler à mon père.

— Ah ! oui, évidemment…

Et soudain il eut un sourire enfantin, un sourire d'excuse :

— Je suis désolé… Je suis tellement absorbé par ce que je fais… C'est impardonnable… cela me rend horriblement égoïste. Je suis désolé.

L'horloge sonna. Franklin lui jeta un rapide regard :

— Mon Dieu ! Il est si tard que ça ? Je vais avoir des ennuis. J'avais promis à Barbara de lui lire quelque chose avant le dîner.

Il nous sourit et sortit précipitamment, en se cognant au passage au montant de la porte.

— Comment va Mme Franklin ? m'enquis-je.

— Aucun changement, sinon en pire, répondit Judith.

— Quelle tristesse d'être souffrante à ce point ! m'apitoyai-je.

— Pour un médecin, vivre avec une telle femme, c'est épouvantable, remarqua Judith. Les médecins aiment les gens en bonne santé.

— Ce que vous pouvez être durs, vous, les jeunes ! m'exclamai-je.

— Je ne faisais que constater un fait, répliqua froidement Judith.

— Il n'empêche, intervint Poirot, que ce bon docteur s'est dépêché d'aller lui faire la lecture.

— Ce qui est idiot, observa Judith. Si elle en a envie, son infirmière peut parfaitement s'en charger. Personnellement, j'aurais horreur qu'on me fasse la lecture à haute voix.

— Ma foi, chacun ses goûts, répliquai-je.

— Cette femme est stupide, décréta Judith.

— Voyons, voyons, mon enfant, dit Poirot. Je ne suis pas d'accord avec vous.

— Elle ne lit que des romans de gare, elle ne s'intéresse pas au travail de son mari, elle ne se tient pas au courant de l'actualité... Elle ne parle que de sa santé à qui veut l'entendre.

— Je maintiens qu'elle utilise ses petites cellules grises d'une façon que vous, mon enfant, vous ignorez totalement, rétorqua Poirot.

— Elle est très féminine, elle roucoule... J'imagine que c'est ainsi que vous les aimez, oncle Hercule.

— Pas du tout, objectai-je. Il les aime grosses, exubérantes, et de préférence russes.

— Vous n'avez pas honte de me trahir, Hastings ? Quant à votre père, Judith, il a toujours eu un penchant pour les cheveux roux. Ce qui lui a valu bien des déboires.

Judith leur adressa à tous les deux un sourire indulgent :

— Quel drôle de couple vous faites !

Elle se retira et je me levai :

— Je vais défaire mes bagages et prendre un bain avant le dîner.

Poirot appuya sur une petite sonnette qu'il avait à portée de main et peu de temps après le valet attaché à sa personne arriva. Je fus surpris de voir qu'il m'était inconnu :

— Tiens ! Où est donc George ?

George était l'incomparable valet de Poirot depuis de longues années.

— Il est retourné dans sa famille. Son père est malade. J'espère qu'il me reviendra un jour. En attendant, ajouta-t-il avec un sourire pour le nouveau, Curtiss veille sur moi.

Curtiss lui retourna un sourire respectueux. C'était un homme apparemment costaud, au visage bovin et plutôt obtus.

En sortant, je remarquai que Poirot refermait soigneusement la serviette qui contenait les papiers qu'il m'avait montrés.

Je regagnai ma chambre, l'esprit en ébullition.

41

4

Lorsque je descendis dîner ce soir-là, j'avais le sentiment que ma vie avait pris un tour irréel.

Tout en m'habillant, je m'étais demandé plusieurs fois si Poirot n'avait pas imaginé toute l'affaire. Après tout, ce cher vieil homme était vraiment vieux maintenant et sa santé tristement compromise. Il pouvait bien prétendre que son cerveau était intact... mais l'était-il réellement ? Il avait passé toute sa vie à pourchasser le crime. Serait-il tellement surprenant qu'à la fin il se mette à voir des crimes là où il n'y en avait pas ? Son inaction forcée avait dû le mettre à rude épreuve. Qu'il ait inventé pour lui-même une nouvelle chasse à l'homme, quoi de plus vraisemblable ? Prendre ses désirs pour la réalité : une névrose fréquente. Il avait choisi un certain nombre d'événements portés par la presse à la connaissance du public et y avait entrevu quelque chose qui n'y était pas – une sombre figure, un fou meurtrier. Comme il était plus que probable, Mme Etherington avait sans doute réellement tué son mari, le fermier vraiment tiré sur sa femme, la jeune femme avait donné une dose trop forte de morphine à sa vieille tante, une femme jalouse avait éliminé son mari comme elle avait menacé de le faire et une vieille fille un peu toquée avait bel et bien commis le meurtre dont elle était allée s'accuser ensuite. En fait, ces crimes étaient exactement ce qu'ils paraissaient être !

À cette manière de voir – incontestablement celle du bon sens –, je n'avais à opposer que ma propre confiance en la perspicacité de Poirot.

Poirot prétendait qu'un meurtre se préparait. Pour la seconde fois, Styles devait être le lieu d'un crime.

Plus tard, cette assertion se trouverait confirmée ou infirmée, mais si elle était exacte, il nous appartenait d'empêcher l'événement de se produire.

Et Poirot connaissait l'identité du meurtrier, ce qui n'était pas mon cas.

J'en concevais un agacement grandissant. Vraiment, c'était un sacré culot de la part de Poirot que de réclamer ma collaboration tout en refusant de me mettre dans la confidence !

Pourquoi ? La raison qu'il m'en avait donnée était tout à fait insuffisante ! J'étais las de ces stupides plaisanteries à propos de mon « attitude éloquente ». Je savais garder un secret comme n'importe qui. Poirot ne démordait pas de sa conviction humiliante que j'étais un personnage transparent, que tout le monde pouvait lire en moi. Il atténuait parfois le coup en attribuant ce trait de caractère à ma belle honnêteté, à mon aversion pour toute espèce de tromperie.

Évidemment, me dis-je, si toute cette histoire n'était qu'une chimère née de son imagination, sa réticence s'expliquerait alors aisément.

Je n'étais pas parvenu à me faire une idée claire quand le gong retentit. Je descendis donc dîner l'esprit libre mais déterminé à débusquer le fameux X de Poirot.

Pour l'instant, tout ce que Poirot m'avait dit, je devais l'accepter comme parole d'évangile. Sous ce toit, il y avait quelqu'un qui avait déjà tué cinq fois et se préparait à tuer encore. *Qui était-ce ?*

Dans le salon, avant de passer à table, on me présenta à Mlle Cole et au major Allerton. La première était une grande et belle femme dans la trentaine. Quant au major Allerton, il me déplut aussitôt. C'était un bellâtre dans les débuts de la quarantaine, aux épaules larges, au visage bronzé, parlant avec aisance et tenant toujours des propos à double entente. Les poches qu'il avait sous les yeux étaient le fruit d'une vie dissipée. Je le soupçonnais de faire la fête, de jouer, de boire, et surtout de courir le jupon.

Je m'aperçus qu'il ne plaisait pas beaucoup non plus au vieux colonel Luttrell, et Boyd Carrington ne se montrait guère plus chaleureux envers lui. C'étaient les femmes présentes qui assuraient son succès. Mme Luttrell l'entretenait, gazouillant avec délice tandis qu'il la flattait mollement, avec une insolence à peine déguisée. J'étais agacé de voir que Judith aussi paraissait apprécier sa compagnie et qu'elle faisait des efforts inhabituels pour lui parler. Qu'on puisse toujours compter sur la pire sorte d'hommes pour subjuguer les femmes les plus charmantes était là une énigme qui m'avait toujours dépassé. Je comprenais d'instinct qu'Allerton était un bon à rien, et neuf hommes sur dix auraient été de mon avis, alors que neuf femmes sur dix, ou peut-être même toutes les dix, auraient été immédiatement séduites.

Assis à table devant une assiette pleine d'un liquide blanc et gluant, je balayai l'assemblée du regard tout en passant en revue les diverses possibilités.

Si Poirot avait raison et gardé intacte son acuité d'esprit, l'un de ces convives était un dangereux meurtrier – et un fou de surcroît.

Poirot n'en avait rien dit, mais je présumais que X était sans doute un homme. Lequel d'entre eux était le suspect le plus probable ?

Sûrement pas le vieux colonel Luttrell, avec son indécision et son manque de fermeté. Norton, l'homme que j'avais vu se précipiter hors de la maison avec des jumelles ? Bien improbable. Il avait l'air sympathique, plutôt inefficace et sans grande vitalité. Évidemment, beaucoup de petits hommes inconsistants s'étaient révélés des meurtriers patentés que leur insignifiance même inscitait à s'accomplir dans le crime. Ils supportaient mal de passer inaperçus. Norton aurait pu être un meurtrier de ce type. Mais il y avait son affection pour les oiseaux. J'ai toujours estimé que l'amour de la nature était une preuve de bonne santé mentale.

Boyd Carrington ? Hors de question. Un homme au nom universellement connu. Un sportif de haut niveau, un administrateur, aimé et admiré de tous. J'éliminai également Franklin : je connaissais le respect et l'admiration que Judith lui vouait.

Le major Allerton maintenant. Je m'attardai sur lui pour l'évaluer. Un sale type, s'il en fut jamais ! Qui plumerait sa propre grand-mère. Cachant tout cela sous des manières pleines de charme. Il était en train de discourir, de raconter l'histoire d'une de ses déconfitures, faisant rire tout le monde en plaisantant à ses dépens.

Si Allerton était X, il avait certainement commis ses crimes en vue d'un profit quelconque.

Poirot, il est vrai, n'avait pas affirmé que X était un homme. J'envisageai que ce pût être Mlle Cole. Elle était agitée et avait des gestes saccadés – une femme visiblement nerveuse. Belle, dans un genre plutôt tourmenté. Au demeurant, assez normale. Mme Luttrell, Judith et elle-même étaient les seules femmes présentes à table. Mme Franklin dînait en haut, dans sa chambre, et l'infirmière qui s'occupait d'elle prenait ses repas de son côté.

Après le dîner, je restai un moment à la porte-fenêtre du salon, à contempler le parc tout en me rappelant le jour où j'avais vu Cynthia Murdoch, ravissante jeune fille aux cheveux auburn, traverser cette pelouse en courant. Comme elle était charmante dans sa blouse blanche…

Perdu dans mes pensées, je sursautai lorsque Judith passa son bras sous le mien et m'entraîna sur la terrasse.

— Qu'est-ce qui se passe ? me demanda-t-elle brusquement.

— De quoi parles-tu ? répliquai-je, surpris.

— Tu as été tellement bizarre toute la soirée. Pourquoi dévisageais-tu tout le monde pendant le dîner ?

J'étais mécontent. Je ne m'étais pas rendu compte que j'avais laissé transparaître mes pensées à ce point.

— Vraiment ? Je regardais tout le monde ? Je devais songer au passé. Peut-être ai-je vu des fantômes…

— Ah ! oui, c'est vrai, tu as séjourné ici quand tu étais jeune, n'est-ce pas ? Une vieille dame a été tuée ici, n'est-ce pas ?

— Empoisonnée avec de la strychnine.

— Comment était-elle ? Sympathique ou odieuse ?

Je réfléchis à la question.

— Elle était très bonne, répondis-je lentement. Très généreuse. Donnait beaucoup aux œuvres de charité.

— Ah ! Ce genre de générosité, répondit Judith d'un ton légèrement méprisant.

Puis elle ajouta une étrange question :

— Les gens, ici… ils étaient heureux ?

Non, ils n'étaient pas heureux. De cela, au moins, j'étais sûr. Je répondis :

— Non.

47

— Pourquoi cela ?

— Parce qu'ils avaient l'impression d'être prisonniers. C'était Mme Inglethorp qui avait l'argent et... elle le distribuait au compte-gouttes. Elle ne laissait pas ses enfants mener leur propre vie.

Judith respira violemment et me serra le bras :

— C'est cruel, ça... cruel... C'est un abus de pouvoir. Cela ne devrait pas être permis. Les vieux et les malades ne devraient pas avoir les moyens de tenir sous leur coupe les gens jeunes et pleins de vie. De les maintenir dans l'inquiétude, pieds et poings liés, gaspillant toute l'énergie qu'ils pourraient employer à se rendre utiles, toute l'énergie dont le monde a besoin. C'est de l'égoïsme pur et simple.

— Défaut dont les vieux n'ont pas le monopole, répliquai-je, ironique.

— Oh ! je sais ce que tu penses, père : que les jeunes sont tous égoïstes. Peut-être, mais alors d'un égoïsme *innocent*. Nous ne demandons, en fin de compte, qu'à faire ce dont nous avons envie, nous n'exigeons de personne d'autre qu'il fasse ce que nous voulons, nous ne souhaitons pas réduire les autres en esclavage.

— Non, vous vous contentez de les piétiner s'ils ont le malheur de vous barrer la route.

Judith me pressa affectueusement le bras.

— Ne sois pas si amer ! me dit-elle. Je ne piétine pas grand monde, et tu n'as jamais essayé de dicter sa conduite à aucun de nous. Nous t'en sommes très reconnaissants.

— Pour être honnête, répliquai-je, je crains fort d'en avoir eu la tentation. C'est votre mère qui a tenu à ce que nous vous permettions de commettre vos propres erreurs.

Judith resserra son étreinte :

— Je sais. Tu aurais aimé nous couver comme une poule ! Et moi, j'ai horreur d'être couvée. Je ne peux pas le supporter. Cela dit, tu es d'accord avec moi, n'est-ce pas, à propos des vies utiles sacrifiées aux inutiles ?

— Cela arrive parfois, reconnus-je. Mais cela n'exige ni ne justifie des mesures draconiennes. Chacun est libre de s'en aller, après tout.

— Oui, mais est-ce le cas ? Est-ce bien le cas ?

Son ton avait été si véhément que je la regardai, surpris. Il faisait trop sombre pour que je distingue clairement son expression. Elle poursuivit d'une voix basse et pleine d'émotion :

— Il y a tellement d'éléments à considérer... c'est difficile... il y a le point de vue financier, le sens des responsabilités, la répugnance à faire du mal à quelqu'un qu'on a aimé... tout ça... et certaines personnes sont tellement dépourvues de scrupules... elles savent exactement comment jouer de tous ces sentiments. Il y a des gens... des gens qui sont comme des *sangsues !*

— Ma petite Judith ! m'exclamai-je, abasourdi par la violence de son ton.

Elle eut l'air de se rendre compte qu'elle s'était excessivement emportée, car elle se mit à rire et me lâcha le bras :

— Tu me trouves excessive ? C'est que le sujet me tient à cœur. Tu vois, j'ai connu un cas... Un vieux monstre. Et quand une personne a pris sur elle de... de trancher dans le vif pour libérer ceux qu'elle aimait, on l'a considérée comme folle. Alors que c'était la chose la plus sensée à faire et la plus courageuse !

Un horrible doute me traversa l'esprit. Où donc avais-je récemment entendu parler d'un drame similaire ?

— Judith, répliquai-je vivement. De qui parles-tu ?

— Bah ! de personne que tu connaisses. Des amis des Franklin. D'un vieillard nommé Lichtfield. Il était richissime et laissait ses malheureuses filles mourir de faim, ne leur autorisait ni sorties ni visites. Il était fou, en vérité, mais pas assez, au sens médical du terme, pour qu'on ait la ressource de le faire enfermer.

— Si bien que sa fille aînée n'a rien trouvé de mieux que de l'assassiner, poursuivis-je.

— Ah ! Tu as lu cette histoire ? J'étais sûre que tu considèrerais cela comme un assassinat, mais il n'a pas été commis pour des motifs personnels. Margaret Lichtfield est allée tout droit se rendre à la police. Je trouve qu'elle a été très brave. Je n'aurais jamais eu ce courage.

— Le courage de te rendre ou celui de tuer ?

— Ni l'un ni l'autre.

— Je suis très heureux de te l'entendre dire, répliquai-je gravement, et je n'aime pas du tout te voir justifier le meurtre dans certains cas… Qu'en pense le Dr Franklin ? ajoutai-je.

— Il pense que le vieux grigou ne l'avait pas volé, répondit Judith. Tu comprends, père, il y a des gens qui demandent vraiment à être assassinés.

— Je ne veux pas t'entendre parler comme ça, Judith. Qui t'a mis de pareilles idées en tête ?

— Personne.

— Eh bien, laisse-moi te dire que ce sont des absurdités pernicieuses.

— Bon. Restons-en là. En vérité, reprit-elle au bout d'un instant, j'étais venue te transmettre un message de Mme Franklin. Elle aimerait te voir, si tu veux bien monter dans sa chambre.

— J'en serai enchanté. Je suis désolé qu'elle se soit sentie trop mal pour descendre dîner.

— Elle va très bien, répliqua froidement Judith. Elle aime faire des simagrées, c'est tout.

Décidément, les jeunes ignorent la compassion.

5

Je n'avais rencontré Mme Franklin qu'une seule fois. C'était une femme d'une trentaine d'années, du genre madone si je puis dire : grands

51

yeux noirs, cheveux partagés par le milieu, visage doux et allongé. Elle était très mince, avec une peau d'une transparente délicatesse.

Elle était étendue sur un lit de repos, redressée sur des oreillers et vêtue d'un fin déshabillé blanc et bleu pâle.

Franklin et Boyd Carrington étaient là et prenaient le café. Mme Franklin me souhaita la bienvenue avec un sourire et me tendit la main :

— Comme je suis heureuse que vous soyez venu, capitaine Hastings ! Ce sera très bien pour Judith. Cette enfant travaille vraiment trop dur.

— Elle n'a pas l'air de s'en porter plus mal, répondis-je en prenant sa petite main frêle dans la mienne.

Barbara Franklin soupira :

— Oui, elle a de la chance. Comme je l'envie ! Je ne crois pas qu'elle ait idée de ce que signifie une mauvaise santé. Qu'en pensez-vous, mademoiselle Craven ? Oh ! Permettez-moi de vous présenter. Mlle Craven est l'infirmière qui est si extraordinairement bonne pour moi. Je ne sais pas ce que je ferais sans elle. Elle me dorlote comme un bébé.

Mlle Craven était une grande et belle jeune femme au joli teint et à l'abondante chevelure auburn. Je remarquai ses mains longues et blanches, très différentes de celles de la plupart des infirmières d'hôpital. Taciturne, elle se contenta d'incliner la tête.

— Vraiment, poursuivit Mme Franklin, John fait trop travailler votre malheureuse fille. C'est un esclavagiste. Tu es un esclavagiste, n'est-ce pas, John ?

Debout, son mari regardait par la fenêtre. Il sifflotait et faisait danser quelques pièces de monnaie dans sa poche. La question de sa femme le fit sursauter :

— Quoi donc, Barbara ?

— Je disais que tu accables honteusement de travail la pauvre Judith Hastings. Maintenant que le capitaine Hastings est arrivé, nous allons faire alliance tous les deux pour t'en empêcher.

Le badinage n'était pas le fort du Dr Franklin. L'air vaguement inquiet, il se tourna vers Judith et marmonna :

— Si j'exagère, il faut me le dire.

— Ils essaient seulement d'être drôles, commenta ma fille. À propos de travail, je voulais justement vous demander... cette tache sur la seconde lame... vous savez, celle qui...

Il se tourna vivement vers elle :

— Oui, oui. Si vous voulez bien, descendons au labo. Je voudrais m'assurer...

Ils sortirent tous les deux en poursuivant leur conversation.

Barbara Franklin reposa la tête sur ses oreillers et soupira. Mlle Craven déclara soudain, d'un ton peu amène :

— À mon avis, l'esclavagiste, ce serait plutôt Mlle Hastings elle-même !

Mme Franklin soupira de nouveau et murmura :

— Je me sens tellement... dépassée. Je sais bien que je devrais m'intéresser davantage aux travaux de John, mais je ne peux tout simplement pas. Il y a chez moi quelque chose qui ne va pas, il faut le reconnaître...

Elle fut interrompue par un grognement de Boyd Carrington, debout près de la cheminée :

— C'est ridicule, Babs. Chez toi, tout va bien. Ne te fais pas de souci.

— Oh ! mais Bill, mon ami, je m'en fais justement. Je suis tellement mécontente de moi. C'est que je ne peux pas m'empêcher de trouver tout ça si... *désagréable*. Les cochons d'Inde, les rats et tout le reste. Brrr ! dit-elle en frissonnant. Je sais que je suis stupide, mais cela me rend malade. Je ne voudrais penser qu'à des choses belles et heureuses : aux fleurs, aux enfants qui jouent... Toi, tu le sais, Bill.

Il s'approcha d'elle et prit la main qu'elle lui tendait comme un appel au secours. En la regardant, son expression se para d'une douceur très féminine. Cette transformation était d'autant plus impressionnante chez un homme aussi foncièrement viril que Boyd Carrington.

— Tu n'as pas changé depuis tes 17 ans, Babs, dit-il. Tu te rappelles le pavillon de votre jardin ? La vasque aux oiseaux et les noix de coco ? Barbara et moi sommes de vieux camarades de jeu, ajouta-t-il à mon intention.

— Oh ! de *vieux* camarades de jeu ! protesta-t-elle.

— Bah ! je ne nie pas que tu as plus de quinze ans de moins que moi. Mais, jeune homme, j'ai joué avec toi quand tu étais un tout petit bout de chou. Je te portais sur mon dos. Quand, plus tard, je t'ai retrouvée, tu étais devenue une ravissante jeune fille, sur le point de faire ses débuts dans le monde, et j'y ai pris part en t'entraînant sur les terrains de golf et en t'apprenant à jouer. Tu t'en souviens ?

— Oh ! Bill, tu crois que je pourrais oublier ça ? Mes parents vivaient dans la région, m'expliqua-t-elle, et Bill venait faire des séjours chez son vieil oncle, sir Everard, à Knatton.

— Quelle horrible baraque c'était... et c'est toujours, d'ailleurs, reprit Boyd Carrington. Parfois, je désespère de rendre cet endroit vivable.

— Oh ! Bill, il pourrait être merveilleux, absolument merveilleux !

— Oui, Babs, mais le malheur, c'est que je ne sais pas comment m'y prendre. Une salle de bains et quelques fauteuils vraiment confortables, c'est tout ce que je suis capable d'imaginer. Il y faudrait une femme.

— Je t'ai dit que je viendrai t'aider. Ce ne sont pas des paroles en l'air. C'est vrai.

Sir William jeta un regard dubitatif à l'infirmière :

— Si tu te sens assez forte, je pourrais t'y conduire en voiture. Qu'en pensez-vous, mademoiselle Craven ?

— Oh ! oui, sir William, je suis sûre que ça ferait le plus grand bien à Mme Franklin, à condition qu'elle fasse attention à ne pas se surmener, évidemment.

— Affaire conclue, alors, répliqua Boyd Carrington. Et maintenant, dors bien afin d'être en pleine forme demain.

Nous souhaitâmes tous les deux bonne nuit à Mme Franklin et sortîmes ensemble. En descendant l'escalier, Boyd Carrington déclara d'un ton bourru :

— Vous n'imaginez pas l'adorable créature que c'était à 17 ans. Je rentrais de Birmanie... ma femme était morte là-bas, vous savez. Je n'ai pas honte d'avouer qu'elle m'a fait totalement tourner la tête. Elle a épousé Franklin trois ou quatre ans plus tard. Je ne crois pas que cela a été un mariage heureux. J'ai dans l'idée que c'est la cause de sa mauvaise santé. Cet homme ne la comprend pas, ne l'apprécie pas. Elle est d'une nature très sensible. Je suis persuadé que sa fragilité est en partie d'origine nerveuse. Sortez-la d'elle-même, amusez-la, intéressez-la, et c'est une personne tout à fait différente ! Mais ce maudit charcutier ne pense qu'à ses tubes à essais, aux indigènes de l'Afrique occidentale et à ses cultures de micro-organismes, acheva-t-il avec un grognement de colère.

Il y avait peut-être du vrai dans ce qu'il disait. Cependant, j'étais surpris qu'il puisse être séduit par Mme Franklin qui, bien que jolie et délicate dans le style boîte de bonbons, était tout de même d'une nature souffreteuse. J'aurais plutôt cru que, étant pour sa part si plein de vitalité, il aurait du mal à supporter le genre névrosé. Cela dit, Barbara Franklin devait avoir été extrêmement séduisante à l'époque et, chez beaucoup d'hommes, en particulier du type idéaliste dans lequel je classais Boyd Carrington, les premières impressions sont lentes à s'effacer.

En bas, Mme Luttrell se jeta sur nous pour nous proposer un bridge. Je la priai de m'excuser sous prétexte qu'il me fallait rejoindre Poirot.

Je le trouvai au lit. Curtiss procédait à des rangements et s'agitait dans tous les sens. Il finit par s'en aller et ferma la porte derrière lui.

— Que le diable vous emporte, Poirot ! Vous et votre manie infernale de garder tous les atouts dans votre manche ! J'ai passé la soirée à essayer d'identifier X !

— Cela vous a rendu un rien distrait, fit observer mon ami. Personne ne vous a fait remarquer que vous paraissiez dans la lune ?

Je rougis un peu, me rappelant les propos de Judith. Je crois que Poirot perçut mon embarras, car je vis un petit sourire malicieux se dessiner sur ses lèvres. Pourtant, il se contenta de me demander :

— Et à quelle conclusion êtes-vous parvenu jusqu'ici ?

— Si j'ai raison, est-ce que vous me le direz ?

— Certainement pas.

J'observai attentivement ses réactions :

— J'ai pensé à Norton...

Poirot resta imperturbable.

— Non que j'aie quoi que ce soit à lui reprocher. C'est simplement qu'il me paraît peut-être moins improbable que les autres. Et puis il est... il passe inaperçu. Et j'imagine que le meurtrier que nous recherchons doit être du genre qui passe inaperçu.

— Ça, c'est exact. Mais il y a bien des façons de passer inaperçu.

— Que voulez-vous dire ?

— Prenons un cas hypothétique : supposons qu'un sinistre étranger arrive ici sans raison quelques semaines avant le meurtre, il se fera automatiquement remarquer. Il vaudrait mieux, n'est-ce pas, que cet étranger soit une personne insignifiante, se passionnant pour un sport inoffensif, la pêche par exemple.

— Ou l'observation des oiseaux. Oui, c'est exactement ce que j'étais en train de dire.

— D'un autre côté, reprit Poirot, il vaudrait peut-être mieux que le meurtrier soit déjà un personnage en vue... le boucher du coin, par exemple. Ce qui aurait de plus l'avantage que personne ne remarquerait des taches de sang sur lui !

— C'est ridicule ! Si le boucher s'était querellé avec le boulanger, tout le monde le saurait !

— Non, pas si le boucher était devenu boucher simplement pour avoir l'occasion de tuer le boulanger. Il faut toujours se reporter un pas en arrière, mon ami.

Je l'observai avec attention, essayant de déterminer si ses paroles recelaient une allusion cachée. Si elles avaient un sens précis, elles paraissaient désigner le colonel Luttrell. Avait-il ouvert sa pension de famille rien que pour avoir la possibilité d'assassiner un de ses hôtes ?

Poirot secoua la tête.

— Ce n'est pas sur ma figure que vous trouverez la réponse, dit-il gentiment.

— Vous êtes réellement infernal, Poirot, répliquai-je en soupirant. Quoi qu'il en soit, Norton n'est pas mon seul suspect. Que pensez-vous du bonhomme Allerton ?

Le visage toujours impassible, Poirot me demanda :

— Vous ne l'aimez pas ?

— Non, je ne l'aime pas.

— Ah ! C'est ce que vous appelez sans doute un mauvais sujet, ou un sale type, au choix. C'est bien ça ?

— Exactement. Ce n'est pas votre avis ?

— Certainement. C'est un homme, déclara lentement Poirot, qui a le don de séduire les femmes.

Je poussai une exclamation de mépris :

— Comment les femmes peuvent-elles être aussi stupides ? Qu'est-ce qu'elles trouvent à un type de ce genre ?

— Qui peut le dire ? Mais c'est toujours le cas. Le mauvais sujet… attire toujours les femmes.

— Mais pourquoi ?

59

Poirot haussa les épaules :

— Elles voient peut-être en lui quelque chose qui nous échappe.

— Mais quoi ?

— Le danger, sans doute... Tout le monde a besoin d'épicer sa vie d'un peu de danger. Certains le font par personne interposée, avec les courses de taureaux, par exemple. D'autres le trouvent dans les livres. D'autres encore au cinéma. Mais il y a une chose dont je suis sûr : la nature humaine a horreur de la trop grande sécurité. Les hommes, eux, affrontent le danger de bien des façons. Les femmes en sont réduites la plupart du temps à le trouver dans les affaires de sexe. Voilà peut-être pourquoi elles se pâment devant le côté félin : les griffes rentrées, prêtes à jaillir, la démarche menaçante. Le brave type qui fera un bon mari, elles ne le remarquent même pas.

Je m'attardai tristement quelques minutes sur cette idée, puis je revins à mes réflexions.

— Vous savez, Poirot, dis-je d'un ton triomphant, cela ne me serait pas difficile de découvrir qui est X. Je n'aurais qu'à fouiner pour savoir qui a été en rapport avec tous ces gens. J'entends les protagonistes de vos cinq affaires.

Poirot me lança un regard méprisant :

— Je ne vous ai pas demandé de venir, Hastings, pour vous regarder emprunter laborieusement le chemin que j'ai déjà foulé. Et laissez-moi vous dire que ce n'est pas aussi simple que vous semblez le penser. Quatre de ces affaires se sont déroulées dans ce comté. Ce n'est pas une collection d'étrangers, arrivés ici séparément, qui se trouve aujourd'hui rassemblée sous ce toit. Nous ne sommes pas dans un hôtel, au sens habituel du terme. Les Luttrell sont originaires de la région ; ils traversaient une mauvaise passe financière et se sont lancés dans ce projet de pension. Les gens qui séjournent ici sont leurs amis, ou des amis de leurs amis. Sir William a fait venir les Franklin qui, à leur tour, ont suggéré à Norton d'en faire autant, ainsi, je crois, qu'à Mlle Cole, et ainsi de suite. Autrement dit, il y a de fortes chances pour qu'une personne connue de l'un soit connue de tous. Sans compter qu'il est toujours loisible à X de mentir sur les faits les plus évidents. Prenez le cas de Riggs, l'ouvrier agricole. La maison de l'oncle de Boyd Carrington n'est pas très loin du village où a eu lieu ce drame. La famille de Mme Franklin vivait aussi tout près de là. L'auberge du village est très fréquentée par les touristes. Certains amis des Franklin avaient l'habitude de s'y installer. Franklin lui-même y a fait des séjours. Norton et Mlle Cole auraient pu s'y arrêter aussi et l'ont sans doute fait. Non, non, mon ami, je vous prie de ne pas vous livrer à de maladroites tentatives pour découvrir ce que je refuse de vous révéler.

— Mais c'est tellement stupide ! Comme si j'étais homme à le laisser échapper ! Je vous assure, Poirot, j'en ai assez de ces railleries sur mon « attitude éloquente ». Ce n'est pas drôle.

— Êtes-vous certain que ce soit la seule raison ? répliqua tranquillement Poirot. Vous rendez-vous compte, mon ami, du danger qu'il y aurait à vous mettre dans le secret ? Ne voyez-vous pas que je me soucie de votre sécurité ?

J'en restai bouche bée. Jusque-là, je n'avais pas envisagé le problème sous cet angle. Évidemment, ce n'était que trop vrai. Si un meurtrier intelligent et plein de ressources, qui s'était déjà tiré d'affaire après cinq crimes, comprenait que quelqu'un était sur sa piste, alors, cette personne courait un grand danger.

— Mais alors vous... vous êtes vous-même menacé, Poirot ? répliquai-je vivement.

Poirot fit un geste de suprême dédain :

— J'y suis habitué. Je suis capable de me protéger. Et n'ai-je pas mon fidèle chien de garde ? Mon bon et loyal Hastings ?

6

Poirot tenait à se coucher tôt. Je le laissai donc dormir et, avant de descendre, m'arrêtai en chemin pour échanger quelques mots avec son valet de chambre, Curtiss.

C'était un individu flegmatique, à l'esprit lent, mais compétent et digne de confiance. Il était au service de Poirot depuis que celui-ci était rentré d'Égypte. Son maître, m'expliqua-t-il, était en relativement bonne santé, avec cependant, parfois, de graves alertes cardiaques. Son cœur avait beaucoup faibli ces derniers mois, comme faiblit petit à petit un moteur.

Oh ! après tout, il avait eu une belle vie. J'avais néanmoins le cœur serré de voir mon ami lutter si vaillamment, pied à pied, pour éviter de dégringoler la pente. Alors même qu'il était maintenant diminué et infirme, son esprit indomptable le poussait à exercer encore le métier où il excellait.

Je descendis, le cœur gros. Je ne pouvais m'imaginer la vie sans Poirot…

Au salon, on jouait au bridge. Une partie se terminait et on m'invita à entrer dans le jeu. J'acceptai avec l'espoir que cela me changerait les idées. Boyd Carrington quittait la table et je pris sa place en compagnie de Norton, du colonel et de Mme Luttrell.

— Qu'en pensez-vous, monsieur Norton ? demanda Mme Luttrell. Voulez-vous jouer maintenant contre les deux autres ? Jusqu'ici, notre association a été un succès.

Norton sourit aimablement mais proposa timidement que l'on procède à un tirage au sort.

Mme Luttrell acquiesça de mauvaise grâce.

Norton et moi jouâmes ensemble contre les Luttrell. Je remarquai que cette distribution ne plaisait décidément pas à Mme Luttrell. Elle se mordait la lèvre et elle perdit complètement, à ce moment-là, son charme et son pseudo-accent irlandais.

Je compris bientôt pourquoi. J'eus souvent l'occasion, plus tard, de jouer avec le colonel Luttrell, et il n'était pas si mauvais. Il était ce que j'appellerais un joueur moyen, mais enclin à la distraction, ce qui l'amenait, parfois, à commettre un magistral impair. Et en jouant avec sa femme, il faisait faute sur faute. Elle le rendait visiblement nerveux, et il en résultait qu'il jouait trois fois plus mal qu'à l'habitude. Mme Luttrell était, elle, une très bonne joueuse, mais une très désagréable partenaire. Elle s'emparait de tous les avantages possibles, ne tenait pas compte des règles quand son adversaire les ignorait et exigeait qu'on les respecte quand elles lui étaient profitables. Elle était aussi particulièrement habile pour jeter un coup d'œil oblique sur la main de ses adversaires. En d'autres termes, elle jouait pour gagner.

Et je compris vite ce que Poirot entendait par « langue trempée dans l'acide ». Aux cartes, sa réserve l'abandonnait et, à chaque faute que commettait son époux, elle accablait le malheureux de remarques cinglantes. Norton et moi étions très mal à l'aise et je fus soulagé de voir la partie se terminer.

Sous prétexte qu'il était très tard, nous refusâmes tous les deux d'en entamer une autre.

Comme nous nous retirions, Norton donna assez imprudemment libre cours à ses sentiments :

— Je dois dire, Hastings, que j'ai trouvé cette partie épouvantable. Cela me rend malade de voir ce malheureux maltraité de cette façon. Et cette humilité avec laquelle il réagit ! Le pauvre ! Il ne reste plus grand-chose chez lui du légendaire colonel de l'armée des Indes...

— Chut ! fis-je, car Norton avait inconsciemment élevé la voix et je craignais que le vieux colonel Luttrell ne l'entende.

— Avouez, fit-il en baissant le ton, que c'est très déplaisant.

— Si jamais il se rebiffait et l'attaquait à la hachette, j'avoue que je le comprendrais, dis-je du fond du cœur.

Norton secoua la tête :

— Il ne le fera pas. L'habitude est maintenant trop bien ancrée. Il continuera avec ses « Oui, ma chérie, non, ma chérie, désolé, ma chérie » en tirant sur sa moustache et en bêlant docilement jusqu'à ce qu'on le porte dans sa tombe. Il ne parviendra jamais à se faire respecter.

Je hochai tristement la tête, car je craignais fort que Norton ait raison.

Comme nous nous arrêtions dans le hall, je m'aperçus que la porte donnant sur le parc était ouverte et que le vent s'y engouffrait.

— Vous ne pensez pas que nous devrions la fermer ? demandai-je.

Après avoir hésité un instant, Norton me répondit :

— Eh bien... c'est-à-dire... je crois qu'il y a encore du monde dehors.

Un soupçon me traversa soudain l'esprit.

— Qui n'est pas rentré ?

— Votre fille, il me semble... et... euh... Allerton.

Il s'était efforcé de parler d'un ton neutre, mais tombant après la conversation que je venais d'avoir avec Poirot, l'information me mit très mal à l'aise.

Judith et Allerton... Mon intelligente, ma froide Judith ne pouvait quand même pas s'enticher d'un tel homme ? Pas possible : elle était quand même de taille à le percer à jour !

Tout en me déshabillant, je ne cessai de me le répéter, mais mon malaise persistait. Je me tournai et me retournai, ne parvenant pas à trouver le sommeil.

La nuit, on exagère toujours ses soucis. Je fus envahi par un sentiment de désespoir et d'impuissance. Si seulement ma chère femme était encore en vie ! Depuis de longues années, j'avais pris l'habitude de me fier à son jugement. Pour ce qui était des enfants, elle s'était toujours montrée sage et compréhensive.

Sans elle, je me sentais terriblement démuni. La responsabilité de leur bonheur et de leur sécurité m'incombait. Serai-je à la hauteur de la tâche ? Mon Dieu ! je n'étais pas bien malin. Je commettais de grosses bourdes. Si Judith devait compromettre ses chances de bonheur, si elle était amenée à souffrir...

Au désespoir, j'allumai et me redressai.

Je n'allais pas continuer comme ça. Il fallait que je dorme. Je sortis du lit et, devant le lavabo, contemplai d'un air dubitatif un flacon de comprimés d'aspirine.

Non, j'avais besoin de quelque chose de plus fort que l'aspirine. Poirot avait peut-être un somnifère plus efficace ? Je traversai le couloir et m'arrêtai un instant devant sa porte. J'avais un peu honte de réveiller le vieil homme.

Comme j'hésitais, j'entendis des pas et j'aperçus Allerton qui venait vers moi. Il faisait sombre dans le couloir, je ne pouvais pas distinguer son visage et, jusqu'à ce qu'il arrive près de moi, je ne l'avais pas reconnu avec certitude. Puis je le vis et me raidis des pieds à la tête. Car l'homme se souriait à lui-même, et ce sourire me déplut profondément.

Il m'aperçut et haussa les sourcils :

— Salut, Hastings ! Encore debout ?

— Je n'arrive pas à dormir, répondis-je brièvement.

— C'est tout ? Venez avec moi. Je vais vous arranger ça.

Je le suivis dans sa chambre, qui était à côté de la mienne. Une étrange fascination me poussait à étudier le personnage d'aussi près que possible.

— Vous n'allez pas au lit de bonne heure, vous non plus, remarquai-je.

— Je n'ai jamais été un couche-tôt. Surtout pas quand il y a de l'amusement dans l'air. Il ne faut pas gaspiller ces belles soirées.

Il rit. Et je détestai son rire.

Je le suivis dans la salle de bains. Il sortit un petit flacon de comprimés d'un placard.

— Voilà. C'est une vraie drogue. Vous allez dormir comme une souche et faire également d'agréables rêves. Merveilleux produit que ce Slumbéryl... c'est le nom sous lequel il est breveté.

L'enthousiasme qui perçait dans sa voix me causa un léger choc. Se droguait-il aussi ? Pris d'un doute, je demandai :

— Ce n'est pas dangereux ?

— Si vous en prenez trop, oui. C'est l'un de ces barbituriques dont la dose toxique est très proche de la dose normale, répondit-il avec un sourire qui relevait les coins de sa bouche de très désagréable manière.

— Je ne pensais pas qu'on pouvait en obtenir sans ordonnance, remarquai-je.

— On ne peut pas, mon vieux. Ou, pour être exact, *vous* ne pouvez pas. Moi, j'ai le bras long dans ce domaine.

Ce fut sans doute stupide de ma part, mais il m'arrive d'être saisi d'impulsions de ce genre. Je lui demandai :

— Vous avez connu Etherington, n'est-ce pas ?

Je compris tout de suite que j'avais touché un point sensible. Son regard se fit dur et méfiant.

D'une voix changée, légère et artificielle, il me répondit :

— Oh ! oui, j'ai connu ce pauvre Etherington.

Puis, comme je ne disais rien, il poursuivit :

— Etherington se droguait, évidemment, mais il a exagéré. Il faut savoir où s'arrêter. Il n'a pas su. Sale affaire. Sa femme a eu de la chance. Si elle n'avait pas gagné la sympathie du jury, elle aurait été pendue.

Il me tendit deux comprimés en me demandant, l'air de rien :

— Vous l'avez connu aussi, Etherington ?

— Non.

Un instant, il parut ne pas savoir quoi dire, puis il conclut avec un léger rire :

— Drôle de type ! Pas exactement un enfant de chœur, mais il était parfois de bonne compagnie.

Je le remerciai pour les comprimés et retournai dans ma chambre.

Couché et la lumière éteinte, je maudis ma stupidité.

J'avais la conviction qu'Allerton était certainement X et je lui avais laissé entendre que je le soupçonnais.

7

Le récit de mon séjour à Styles sera nécessairement quelque peu décousu. Dans mon souvenir, il se présente comme une suite de conversations, de phrases et de mots évocateurs qui se sont gravés en moi.

D'abord et avant tout, je pris rapidement conscience de l'infirmité et de l'état de dépendance de Poirot. Je ne doutais pas, comme il me l'avait dit, que son cerveau ne fonctionnât encore avec autant d'acuité qu'auparavant, mais son enveloppe physique avait à ce point perdu de sa consistance que je compris aussitôt que j'allais avoir à jouer un rôle beaucoup plus actif qu'à l'habitude. J'allais devoir être, en quelque sorte, les yeux et les oreilles de Poirot.

En fait, lorsqu'il faisait beau, Curtiss venait chercher son maître et le descendait avec beaucoup de précautions au rez-de-chaussée, où son fauteuil l'attendait. Il le conduisait ensuite dans le parc et l'installait à l'abri des courants d'air. Lorsque le temps n'était pas propice, on transportait Poirot dans le salon.

Il y avait toujours quelqu'un pour venir s'asseoir à côté de lui et bavarder, mais ce n'était pas la même chose que si Poirot avait lui-même élu le partenaire de ce tête-à-tête. Il ne pouvait plus choisir la personne à laquelle il voulait parler.

Le lendemain de mon arrivée, Franklin me fit visiter, dans le parc, le vieil atelier qui avait été sommairement aménagé en laboratoire de fortune.

Qu'il soit bien entendu que je n'ai en rien l'esprit scientifique. En parlant des travaux du Dr Franklin, je ferai certainement un usage incorrect des termes qui s'y rapportent, soulevant le mépris des connaisseurs en la matière.

Autant que moi, simple profane, j'aie pu le comprendre, Franklin étudiait divers alcaloïdes dérivés de la fève de Calabar ou *physostigma venenosum*. Je fus un peu plus avancé après une conversation de Poirot avec Franklin. Parce que Judith, qui s'efforçait de m'instruire, se montrait – comme c'est presque toujours le cas avec ces jeunes gens qui se prennent au sérieux –, épouvantablement technique. Elle faisait savamment référence à des alcaloïdes tels que la physostigmine, l'ésérine, l'éséridine et la génésérine – là, je ne suis pas sûr de ne pas m'embrouiller un peu ! –, poursuivait avec une substance au nom à coucher dehors, la prostigmine ou *dimethylcarbo-hydroxyphenyl-trimethyl lammonum*, etc. – je cite de mémoire ! – et encore bien d'autres qui, tout compte fait, étaient les mêmes mais qu'on obtenait de façons différentes ! Tout cela était pour moi du chinois et je m'attirai le mépris de Judith en lui demandant quel bien l'humanité pourrait en tirer. Aucune question n'irrite autant un vrai scientifique. Judith me lança aussitôt un regard dédaigneux et s'engagea dans une nouvelle explication, longue et savante, d'où il résultait, si j'avais bien compris, que les indigènes d'une obscure tribu d'Afrique avaient fait preuve d'une remarquable immunité à une maladie tout aussi obscure, et cependant mortelle, nommée, si je ne me trompe, jordanite, d'après un certain Dr Jordan qui l'avait identifiée le premier. C'était une maladie infectieuse extrêmement rare que des Blancs avaient contractée une ou deux fois, avec des conséquences fatales.

Au risque de m'attirer les foudres de Judith, je fis remarquer qu'il aurait été plus raisonnable de s'efforcer de découvrir un remède qui combatte les séquelles de la rougeole...

Avec un mélange de pitié et de condescendance, Judith me fit clairement comprendre que ce n'était pas le bienfait de la race humaine mais le développement de la connaissance qui était le seul but digne d'effort.

Après avoir observé quelques lames à travers le microscope, étudié quelques photographies d'indigènes d'Afrique occidentale (tout à fait amusantes, à vrai dire) et surpris le regard d'un rat somnolent dans sa cage, je me précipitai à l'air libre.

Comme je l'ai dit, c'est une conversation de Franklin avec Poirot qui éveilla mon intérêt :

— Vous savez, Poirot, tout cela fait plutôt partie de votre domaine que du mien. C'est à l'épreuve de la fève que se décide l'innocence ou la culpabilité de quelqu'un. Ces tribus d'Afrique y croient dur comme fer, ou du moins y croyaient parce que, aujourd'hui, ils se civilisent de plus en plus. Ils la mâchonneront solennellement, persuadés qu'elle va les tuer s'ils sont coupables et les épargner s'ils sont innocents.

— Hélas, ils en meurent tous ?

— Non. Et c'est justement ce qu'on ignorait jusqu'à présent. Il y a beaucoup de choses cachées derrière tout ça. Une supercherie de guérisseur, à mon avis. Il y a deux espèces de cette fève, mais elles se ressemblent tellement qu'il est difficile de faire la différence. Elles contiennent toutes les deux de la physostigmine et de la génésérine, mais dans la seconde on peut isoler – du moins je crois pouvoir le faire – un alcaloïde supplémentaire, qui a la propriété de neutraliser les effets des autres. De plus, dans le petit cercle des gens qui ont l'habitude d'en consommer au cours d'un rituel secret, personne ne contracte jamais la jordanite. Cette troisième substance agit de façon spectaculaire sur le système musculaire, et cela sans aucun effet secondaire désastreux. C'est extrêmement intéressant. Pur, cet alcaloïde est malheureusement très instable. Cependant, j'ai déjà obtenu des résultats. Mais ce sont des recherches là-bas, sur place, qui seraient nécessaires. C'est un travail qui doit être fait ! Diable, oui ! Je vendrais mon âme pour...

Il s'interrompit brusquement et son sourire reparut :

— Pardonnez-moi de toujours parler boutique. Je prends ces histoires trop à cœur !

— En effet, répondit Poirot calmement, ma profession deviendrait infiniment plus simple si je pouvais distinguer aussi aisément le coupable de l'innocent. Ah ! Si seulement il existait une substance capable de faire ce que l'on attribue à la fève de Calabar !

— Oh ! mais vos ennuis ne s'arrêteraient pas là ! reprit Franklin. Après tout, qu'est-ce que la culpabilité ou l'innocence ?

— Il me semble que cela, au moins, ne soulève guère de doute, remarquai-je.

Il se tourna vers moi :

— Qu'est-ce que le mal ? Qu'est-ce que le bien ? Les idées là-dessus varient d'un siècle à l'autre. Le résultat de votre test ne pourrait être qu'un sentiment de culpabilité ou un sentiment d'innocence. Ce serait un test sans valeur.

— Je ne vois pas comment vous arrivez à ça.

— Supposez, mon cher ami, qu'un homme pense avoir le droit divin de tuer un dictateur, ou un usurier, ou un proxénète, ou quiconque suscite son indignation. Il commettra ce que *vous* considérez comme une action coupable, mais qu'il considérera, *lui*, comme innocente. Qu'est-ce que votre malheureuse fève vous permettrait d'en déduire ?

— Un meurtre ne s'accompagne-t-il pas toujours d'un sentiment de culpabilité ?

— Pour ma part, il y a tout un tas de gens que j'aimerais tuer, répliqua gaiement le Dr Franklin.

Et ne croyez pas qu'après ça ma conscience me tiendrait éveillé la nuit. À mon avis, il faudrait éliminer 80 % du genre humain. Et tout irait mieux.

Il se leva et s'en alla en sifflotant joyeusement. Je le suivis du regard, ne sachant que penser. Un petit rire étouffé de Poirot me tira de ma stupeur :

— Mon ami, vous avez l'air de quelqu'un qui se trouve nez à nez avec un nid de serpents. Espérons que notre ami le docteur ne pratique pas ce qu'il prêche.

— Ah ! m'exclamai-je. Et supposez que tel soit pourtant le cas ?

Après avoir un peu hésité, je décidai de sonder Judith au sujet d'Allerton. Il fallait que je comprenne ses réactions, Je savais qu'elle avait la tête sur les épaules, qu'elle était capable de s'assumer et je ne pensais pas qu'elle puisse se laisser prendre à la basse séduction d'un individu comme Allerton. En fait, je pense que je voulais l'attaquer de front pour être rassuré sur ce point.

Malheureusement, je n'obtins pas satisfaction. Il faut avouer que je m'y pris plutôt maladroitement. Il n'y a rien que les jeunes détestent autant que les conseils de leurs aînés. Je m'efforçai de parler avec insouciance et désinvolture. Je n'y parvins sans doute pas.

Judith se hérissa aussitôt.

— Qu'est-ce que c'est ? fulmina-t-elle. Une mise en garde paternelle contre le grand méchant loup ?

— Non, non, Judith. Bien sûr que non.

— J'imagine que tu n'aimes pas le major Allerton ?

— Franchement, non. Mais je pense qu'il ne te plaît pas non plus.

— Pourquoi pas ?

— Eh bien… euh… ce n'est pas ton genre, non ?

— Et à ton avis, qu'est-ce qui serait mon genre, père ?

Judith a le don de me faire perdre mes moyens. Je reculai honteusement. Elle me regardait avec un petit sourire de mépris :

— Bien sûr, toi tu ne l'aimes pas, mais moi si. Je le trouve très amusant.

— Oh ! amusant, peut-être…, répondis-je dans l'espoir de couper court.

Mais Judith reprit d'un ton ferme :

— Il est très séduisant. Toutes les femmes en conviendront. Les hommes, évidemment, n'y seront pas sensibles.

— Certainement pas, dis-je.

Et je poursuivis bêtement :

— Tu es restée dehors avec lui bien tard, hier soir, et…

Elle ne me laissa pas terminer. La tempête se déchaîna :

— Vraiment, père, tu es trop stupide ! Tu ne comprends pas que je suis en âge de m'occuper de mes propres affaires ? Tu n'as plus le droit de contrôler ce que je fais ou qui je décide de prendre pour ami. Cette façon ridicule qu'ont les parents de s'immiscer dans la vie de leurs enfants, c'est exaspérant ! J'ai beaucoup d'affection pour toi, mais je suis une adulte et ma vie m'appartient. Ne deviens pas une espèce de vieux rabat-joie.

Cette remarque me blessa tellement que je restai sans voix. Judith s'en alla rapidement, me laissant consterné, avec le sentiment d'avoir fait plus de mal que de bien.

J'étais perdu dans mes pensées quand la voix de l'infirmière de Mme Franklin me tira de mes réflexions.

— À quoi rêvez-vous, capitaine Hastings ? s'exclama-t-elle d'un ton malicieux.

J'accueillis cette interruption avec joie.

Mlle Craven était en vérité une très belle jeune femme. Elle avait des manières peut-être un peu trop espiègles et enjouées, mais elle était agréable et intelligente.

Elle venait d'installer sa patiente dans un coin ensoleillé, non loin du laboratoire.

— Mme Franklin s'intéresse-t-elle aux travaux de son mari ? demandai-je.

Mlle Craven secoua la tête avec mépris :

— Oh ! c'est beaucoup trop technique pour elle. Ce n'est pas vraiment une femme intelligente, vous savez, capitaine Hastings.

— Non, sans doute pas.

— Le travail du Dr Franklin ne peut être apprécié que par quelqu'un qui s'y connaît en médecine. C'est un homme très doué, vous savez. Brillant. Le pauvre, je suis désolé pour lui.

— Désolé pour lui ?

— Oui. J'ai vu ça si souvent. Je veux dire, marié avec une femme qui ne lui convient pas.

— Vous pensez qu'elle n'est pas faite pour lui ?

— Ma foi, pas vous ? Ils n'ont absolument rien en commun.

— Il a l'air d'avoir beaucoup d'affection pour elle, remarquai-je. Il est attentif à ses moindres désirs…

Mlle Craven eut un rire assez déplaisant :

— Elle y veille, croyez-le bien.

— Vous pensez qu'elle joue de… de sa mauvaise santé ? demandai-je, sceptique.

Mlle Craven rit encore :

— Elle sait parfaitement obtenir ce qu'elle veut. Ce que Madame désire se réalise. Certaines femmes sont comme ça… malignes comme des singes. Si on se permet de les contrecarrer, elles se contentent de rejeter la tête en arrière, de fermer les yeux et de se donner des airs malades et pathétiques, ou alors elles piquent une crise de nerfs. Mme Franklin excelle dans le genre pathétique. Elle ne dort pas de la nuit et, au matin, apparaît blême et épuisée.

— Mais elle est réellement souffrante, n'est-ce pas ? demandai-je, un peu stupéfait.

Mlle Craven me regarda d'un drôle d'œil et déclara sèchement :

— Oh ! bien sûr.

Puis, changeant brusquement de sujet, elle me demanda s'il était vrai que j'étais venu ici il y a longtemps, pendant la Première Guerre.

— Oui, c'est tout à fait vrai.

Elle baissa la voix :

— On a commis un meurtre ici, n'est-ce pas ? C'est une des femmes de chambre qui me l'a dit. Une vieille dame ?

— Oui.

— Et vous y étiez, à ce moment-là ?

— J'y étais.

— Cela explique tout, sans doute ? suggéra-t-elle en frissonnant.

— Cela explique quoi ?

Elle me lança un bref regard :

— L'atmosphère qui règne ici. Vous ne sentez rien ? Moi, si. Elle a quelque chose *d'anormal*, si vous voyez ce que je veux dire ?

Je réfléchis un instant en silence. Sa remarque était-elle juste ? Est-ce qu'une mort violente, donnée avec préméditation en un certain endroit, y laisse une empreinte si profonde qu'elle est encore perceptible après de nombreuses années ? Les spirites l'affirment. Styles gardait-il la trace de cet événement survenu si longtemps auparavant ? Ici, entre ces murs, dans ce parc, des idées de meurtre s'étaient attardées, renforcées et finalement réalisées. L'air en était-il encore imprégné ?

Interrompant mes pensées, Mlle Craven déclara tout à coup :

— Je me suis trouvée dans une maison où un jour on a tué quelqu'un. Je ne l'ai jamais oublié. C'est impossible, vous savez. Il s'agissait d'une de mes patientes. J'ai été interrogée. Je me suis sentie très mal à l'aise. C'est une pénible expérience pour une jeune fille.

— En effet, ça doit l'être. Moi-même…

Je m'interrompis en voyant Boyd Carrington s'avancer vers nous. Comme toujours, sa forte personnalité et sa vivacité eurent le don de chasser aussitôt les ombres insaisissables. Il était si grand, si sain, si sportif… il faisait partie de ces personnes sympathiques et énergiques qui irradient la bonne humeur et le bon sens.

— Bonjour, Hastings. Bonjour, Mlle Craven. Où est Mme Franklin ?

— Bonjour, sir William. Mme Franklin est au fond du parc, sous le hêtre, près du laboratoire.

— Et j'imagine que Franklin est *dans* le laboratoire ?

— Oui, sir William. Avec Mlle Hastings.

— Pauvre fille ! Quelle idée de rester enfermée à faire de la chimie par une journée pareille ! Vous devriez protester, Hastings.

— Oh ! Mlle Hastings est *tout à fait* heureuse, objecta vivement Mlle Craven. Elle aime ça, vous savez, et le docteur ne pourrait rien faire sans elle, j'en suis sûre.

— L'imbécile ! répliqua Carrington. Si j'avais une jolie fille comme Judith pour assistante, je m'occuperais d'elle plutôt que des cobayes, pas vrai ?

C'était le genre de plaisanterie qui aurait particulièrement déplu à Judith, mais qui fit bon effet sur Mlle Craven. Elle se mit à rire de grand cœur.

— Oh, sir William ! s'exclama-t-elle, vous ne devriez pas dire des choses pareilles. Tout le monde sait ce que *vous*, vous feriez ! Mais le malheureux Dr Franklin est tellement sérieux... entièrement plongé dans son travail.

— Eh bien, sa femme semble avoir pris une position d'où elle peut garder un œil sur son mari, remarqua gaiement Boyd Carrington. Elle est jalouse, j'imagine.

— Vous en savez beaucoup trop, sir William !

Mlle Craven paraissait enchantée de ce badinage. À contrecœur, elle ajouta :

— Bon, il faut que j'aille m'occuper du lait malté de Mme Franklin.

Elle s'éloigna lentement et Boyd Carrington la suivit des yeux.

— Belle fille, remarqua-t-il. Beaux cheveux et belles dents. Superbe spécimen. La vie ne doit pas être toujours drôle quand on s'occupe de malades. Une fille comme ça mériterait mieux.

— Oh ! dis-je, elle se mariera sans doute un jour.

— Je l'espère.

Il soupira, et il me vint à l'idée qu'il pensait à sa défunte épouse. Puis il reprit :

— Vous voulez venir avec moi à Knatton ?

— Cela me ferait très plaisir. Je vais m'assurer que Poirot n'a pas besoin de moi.

Je trouvai celui-ci, bien emmitouflé, dans la véranda. Il m'encouragea à partir :

— Mais bien sûr, Hastings, allez-y. Je crois que c'est une magnifique propriété. Vous devez absolument la connaître.

— J'aimerais bien, mais je ne voudrais pas vous abandonner.

— Mon cher ami ! Non, non, partez avec sir William. C'est un homme charmant, n'est-ce pas ?

— Épatant ! m'exclamai-je avec enthousiasme.

Poirot sourit :

— Parfait. Je pensais bien qu'il vous plaisait.

L'excursion me combla.

Non seulement il faisait beau – une délicieuse journée d'été –, mais la compagnie de Boyd Carrington, avec son magnétisme, son expérience de la vie et du vaste monde, était sans prix. Il me raconta des histoires du temps où il faisait partie de l'administration des Indes, des détails curieux sur les traditions de certaines tribus d'Afrique orientale, et fut en tout point si passionnant qu'il m'arracha à moi-même ; j'en oubliai mes soucis à propos de Judith et les angoisses que les révélations de Poirot m'avaient causées.

J'aimais aussi la façon dont Boyd Carrington parlait de mon ami. Il éprouvait un profond respect pour lui, pour son travail comme pour sa personne. Si triste que fût son présent état de santé, Boyd Carrington ne se laissait pas aller à la pitié. Il paraissait penser qu'une vie comme celle que Poirot avait vécue portait en elle-même sa récompense et que mon ami devait trouver dans ses souvenirs assez de motifs de satisfaction et de fierté.

— De plus, dit-il, je serais prêt à parier que son cerveau est aussi aiguisé qu'auparavant.

— Il l'est, en effet, lui assurai-je vivement.

— Ce serait une erreur grossière de croire que, parce qu'un homme a les jambes immobilisées, son cerveau s'en trouve diminué. Pas le moins du monde. Les années affectent beaucoup moins qu'on ne pourrait le penser le travail de l'esprit. Dieu me préserve de commettre un meurtre sous le nez de Poirot, même au jour d'aujourd'hui.

— Il vous découvrirait, répondis-je en souriant.

— Je n'en doute pas. De toute façon, ajouta-t-il tristement, je ne serais pas très doué pour le meurtre. Je suis incapable de prévoir les choses, vous savez. Je suis trop impatient. Si jamais je commettais un meurtre, ce serait sous le coup d'une impulsion.

— Cela pourrait être un crime très difficile à élucider.

— Je ne pense pas. Je laisserais certainement traîner derrière moi toutes sortes d'indices. Ma foi, c'est une chance que je n'aie pas un cerveau criminel. La seule sorte d'homme que j'aimerais tuer, c'est un maître-chanteur. Je trouve le chantage répugnant. J'ai toujours été d'avis qu'un maître-chanteur mériterait d'être fusillé. Qu'en pensez-vous ?

83

Je reconnus que je n'étais pas sans partager en partie son point de vue.

Puis, comme nous nous intéressions au travail accompli dans la maison, un jeune architecte vint à notre rencontre.

Mis à part une aile rajoutée ensuite, Knatton était d'époque Tudor. Elle n'avait été ni modernisée ni modifiée depuis l'installation, vers 1840, de deux salles de bains rudimentaires.

Boyd Carrington nous expliqua que son oncle avait été plus ou moins un ermite qui détestait ses semblables et vivait retiré dans un coin de cette vaste demeure. Boyd Carrington et son frère avaient été tolérés et, écoliers, avaient passé ici leurs vacances avant que sir Everard s'enferme dans une réclusion absolue.

Le vieux monsieur ne s'était jamais marié et ne dépensait qu'un dixième de ses importants revenus, si bien que, même après avoir payé les droits de succession, le baronnet actuel était devenu très riche.

— Mais très solitaire aussi, déclara-t-il en soupirant.

Je restai silencieux. Ma sympathie était trop profonde pour s'exprimer par des paroles. Car j'étais, moi aussi, très seul. Depuis la mort de Cinders, je n'étais plus que la moitié d'un être humain.

Je finis cependant, en hésitant, par me livrer à lui.

— Ah ! oui, Hastings, mais vous, vous avez été gratifié d'un don de Dieu dont, moi, je n'ai jamais bénéficié.

Après un instant de silence, d'une voix saccadée, il me donna un aperçu de sa propre tragédie.

Sa jeune et jolie femme était une adorable créature pleine de dons et de charme, mais à l'hérédité chargée. Presque toute sa famille était morte de l'alcool, et elle fut victime, elle aussi, de la même malédiction. Elle succomba à peine un an après leur mariage à la dipsomanie. Il ne l'en blâmait pas. Il comprenait que son héritage avait été trop lourd à porter pour elle.

Après sa mort il avait résolu de mener une vie solitaire. Cette triste expérience l'avait décidé à ne jamais se remarier.

— Tout seul, on se sent moins en danger, déclara-t-il simplement.

— Oui, je peux comprendre que vous ayez réagi comme ça... du moins au début.

— Toute cette histoire a été une telle tragédie ! Elle m'a prématurément vieilli et rempli d'amertume. Pour dire vrai, ajouta-t-il après un silence, j'ai été très tenté une fois de me remarier. Mais elle était si jeune... Il n'aurait pas été juste de la lier à un homme désillusionné. Et j'étais trop vieux pour elle... c'était encore une enfant, si jolie, si pure...

Il s'interrompit et secoua la tête.

— N'était-ce pas à elle de juger ?

— Je ne sais pas, Hastings. Je ne le pensais pas. Elle paraissait prendre plaisir à me voir. Mais, comme je vous l'ai dit, elle était si jeune… Je la reverrai toujours comme au jour de mon départ, la tête un peu penchée, le regard légèrement étonné, sa petite main…

Il s'arrêta. Ses paroles, je ne savais trop pourquoi, évoquaient pour moi une image vaguement familière.

D'une voix rude tout à coup, Boyd Carrington interrompit ma rêverie :

— J'ai été stupide, déclara-t-il. Tout homme est stupide qui laisse échapper l'occasion quand elle se présente. Quoi qu'il en soit, me voilà ici, dans cette demeure beaucoup trop grande pour moi, sans une gracieuse silhouette pour présider à ma table.

Cette façon légèrement démodée de présenter les choses ne manquait pas de séduction. J'y voyais le tableau d'un monde révolu, charmant et paisible.

— Où est cette dame aujourd'hui ? demandai-je.

— Bah ! elle est mariée, répondit-il brièvement. Le fait est, Hastings, que je suis voué maintenant à une existence de célibataire. J'ai mes petites manies. Je m'occupe du parc. Il a été épouvantablement négligé mais il est très beau dans son genre.

Nous fîmes un tour dans la propriété et ce que je vis m'impressionna fort. Knatton était incontestablement un très bel endroit et que Boyd

Carrington en soit fier n'avait rien d'étonnant. Il connaissait bien les environs et la plupart de leurs habitants, bien qu'évidemment il en soit arrivé de nouveaux depuis son époque.

Il avait connu le colonel Luttrell autrefois et espérait vraiment que sa nouvelle entreprise serait un succès.

— Ce pauvre vieux Toby Luttrell est vraiment dans la gêne, vous savez, me dit-il. Un brave type. Un bon soldat aussi et un fameux tireur. J'ai fait un safari avec lui, un jour, en Afrique. Ah ! c'était le bon temps... Il était déjà marié, à l'époque, bien sûr, mais Dieu merci sa femme n'est pas venue avec nous. Elle était jolie, mais a toujours été un peu mégère. C'est bizarre ce qu'un homme peut supporter d'une femme. Le vieux Toby Luttrell, qui faisait trembler ses subordonnés dans leurs bottes, qui était tellement à cheval sur la discipline ! À présent mené par le bout du nez, maltraité et soumis ! Nul doute, cette femme a une langue trempée dans l'acide, mais elle a la tête sur les épaules. Si quelqu'un peut faire quelque chose de cet endroit, c'est bien elle. Luttrell n'a jamais eu la bosse des affaires, mais la colonelle vous saignerait à blanc pour arrondir ses fins de mois !

— Et cette façon qu'elle a de se répandre en compliments ! fis-je remarquer.

Ce qui eut l'air d'amuser Boyd Carrington.

— Je sais. Elle est tout sucre et tout miel. Mais avez-vous déjà joué au bridge avec eux ?

Je répondis oui, avec conviction.

— En général, je me tiens à l'écart des femmes qui jouent au bridge, déclara Boyd Carrington. Et si vous suivez mon avis, vous ferez de même.

Je lui racontai combien Norton et moi nous étions sentis mal à l'aise le soir de notre arrivée.

— C'est exactement ça. On ne sait pas où regarder ! Brave garçon, Norton, ajouta-t-il. Un peu mollasson, pourtant. Passe son temps à observer les oiseaux. Les chasser, ça ne l'intéresse pas : voilà ce qu'il m'a dit. Incroyable ! Aucun esprit sportif. Je lui ai expliqué ce qu'il perdait. Pour ma part, je ne comprends pas ce qu'il peut y avoir de passionnant à arpenter bois et taillis en regardant les oiseaux avec des jumelles.

Nous étions loin de nous imaginer que le dada de Norton jouerait un rôle si important dans les événements qui allaient suivre.

8

Les jours passaient. On éprouvait une frustration et le sentiment pénible d'être dans l'attente de quelque chose.

Pourtant, il ne se produisit absolument rien. Et cependant, il y eut des incidents, des fragments de conversations, des remarques, des comportements qui, si je les avais correctement interprétés, m'auraient beaucoup éclairé.

Ce fut Poirot qui, par quelques paroles bien senties, me fit voir ce à quoi j'avais été criminellement aveugle.

Je me plaignais pour la énième fois de son refus obstiné de me mettre dans la confidence. Ce n'est pas juste, m'offusquais-je. Nous avions toujours eu les mêmes informations, même si j'étais trop borné, et lui assez astucieux, pour en tirer les conclusions qui s'imposaient.

Il fit un geste d'agacement :

— Très bien, mon ami. Ce n'est pas juste ! Ce n'est pas sport ! Je ne joue pas le jeu ! Admettons. Mais cela *n'est pas* un jeu, ce *n'est pas* un sport. Pour votre part, vous passez votre temps à essayer de deviner l'identité de X. Ce n'est pas pour ça que je vous ai demandé de venir. Vous n'avez pas besoin de vous occuper de ça. Je connais la réponse à cette question. Mais ce que je ne sais pas et qu'il faut que je sache, c'est ceci : « Qui est appelé à mourir... bientôt ? » Il ne s'agit pas pour vous, mon vieux, de jouer aux devinettes, mais d'empêcher un être humain de mourir.

Je fus saisi.

— Bien sûr, répondis-je lentement. Je... je le savais, vous me l'aviez déjà dit, mais je n'en avais pas tout à fait pris conscience.

— Alors prenez-en conscience maintenant... tout de suite.

— Oui, oui, je le ferai... je veux dire... c'est fait.

— Bien ! Alors, Hastings, dites-moi qui est appelé à mourir ?

Je le regardai avec des yeux ronds :

— Je n'en ai absolument aucune idée !

— Eh bien vous devriez avoir une idée ! Pour quoi d'autre êtes-vous ici ?

— Il y a certainement, dis-je, reprenant mes réflexions sur le sujet, un lien entre la victime et X, de sorte que si je savais qui est X...

Poirot secoua la tête avec une telle vigueur que cela faisait peine à voir :

— Ne vous ai-je pas expliqué que c'était justement là l'essentiel de sa technique ? Rien ne reliera X à cette mort. C'est une certitude.

— Vous voulez dire que le lien restera invisible ?

— Il le sera si bien que ni vous ni moi ne le trouverons.

— Mais en étudiant le passé de X, sûrement...

— Non, certainement pas à temps. Le meurtre peut avoir lieu d'un moment à l'autre, comprenez-vous ça ?

— Dans cette maison ?

— Dans cette maison.

— Et vous ne savez vraiment pas qui, ni comment ?

— Ah ! Si je le savais, je ne vous presserais pas de le trouver à ma place.

— Votre hypothèse repose seulement sur la présence de X ?

Mon intonation devait être un peu sceptique. Poirot, dont la patience avait diminué au même rythme que l'activité de ses jambes, s'emporta :

— Ah ! mon Dieu, combien de fois faudra-t-il que je le répète ? Si des correspondants de guerre se regroupent soudain dans un certain coin d'Europe, qu'est-ce que cela signifie ? Une guerre ! Si des médecins arrivent du monde entier dans une certaine ville, cela signifie quoi ? Un congrès médical. Vous voyez planer un vautour, c'est qu'il y a une carcasse. Si vous voyez des rabatteurs remonter la lande, il va y avoir une chasse. Si vous voyez un homme s'arrêter brusquement, arracher son manteau et plonger dans la mer, cela veut dire qu'on va sauver là quelqu'un de la noyade. Si vous voyez des dames d'âge et d'apparence respectables lorgner à travers une haie, vous pouvez en déduire qu'il se passe là quelque chose d'indécent ! Et enfin, si vous sentez une délicieuse odeur et que vous constatez que plusieurs personnes se précipitent dans la même direction, vous ne vous tromperez pas en supposant qu'un repas les y attend !

Je réfléchis un instant à ces analogies, puis déclarai, à propos de la première :

— Quand même, la présence d'un seul correspondant n'implique pas nécessairement une guerre !

— Certainement pas. Et une hirondelle ne fait pas le printemps. Mais s'il y a meurtrier, Hastings, c'est qu'il y aura meurtre.

C'était indéniable, évidemment. Mais l'idée me vint pourtant, bien qu'elle ne parût pas effleurer Poirot, que même un meurtrier peut prendre des vacances. X pouvait être à Styles tout simplement en villégiature, sans intention meurtrière. Cependant, Poirot était dans un tel état de nerfs que je n'osai pas lui faire cette suggestion. Je me contentai de remarquer que l'affaire me paraissait sans espoir. Nous devions attendre...

— ... et voir venir, termina Poirot. Comme votre M. Asquith pendant la dernière guerre. Ça, mon cher, c'est justement ce que nous ne devons pas faire. Je ne prétends pas, remarquez, que nous réussirons, parce que quand un assassin est décidé à tuer, il est très difficile de l'en empêcher. Du moins pouvons-nous essayer. Imaginez, Hastings, un problème de bridge dans un journal. Vous pouvez voir toutes les cartes. Ce qu'on vous demande, c'est de « prévoir le résultat de la donne ».

Je secouai la tête :

— Cela ne sert à rien, Poirot, je n'en ai pas la moindre idée. Si je savais qui est X...

Poirot hurla de nouveau. Il hurla si fort que Curtiss, effrayé, arriva en courant de la pièce voisine. Poirot lui fit signe de s'en aller et, quand il fut parti, mon ami reprit plus calmement :

— Allons, Hastings, vous n'êtes pas aussi stupide que vous voudriez le faire croire. Vous avez étudié les documents que je vous ai donné à lire. Vous ne savez peut-être pas qui est X, mais vous connaissez la méthode qu'il emploie.

— Oh ! dis-je, je vois.

— Bien entendu vous voyez. L'ennui, avec vous, c'est que vous êtes mentalement paresseux. Vous aimez jouer et deviner. Vous n'aimez pas faire travailler vos méninges. Qu'y a-t-il d'essentiel dans la méthode de X ? N'est-ce pas que le crime, une fois commis, est *parfait* ? Autrement dit, il s'y trouve le mobile, l'occasion, les moyens et enfin, plus important que tout, le coupable tout prêt pour le banc des accusés.

Je saisis aussitôt le point essentiel et compris combien j'avais été stupide de ne pas l'avoir fait plus tôt.

— Je vois, dis-je. Je dois chercher autour de moi quelqu'un qui… répond à ces exigences… la victime potentielle.

Poirot se radossa avec un soupir :

— Enfin ! Je suis très fatigué, maintenant. Envoyez-moi Curtiss. Vous avez compris ce qu'il vous reste à faire. Vous êtes actif, vous pouvez aller et venir, vous pouvez suivre les gens, leur parler, les espionner sans qu'ils s'en aperçoivent… (Je faillis laisser échapper une protestation indignée, mais je la retins… Nous en avions trop souvent discuté.) Vous pouvez écouter les conversations, vous avez l'usage de vos jambes : vous pouvez donc vous agenouiller pour regarder par les trous de serrures…

— Je ne regarderai pas par les trous de serrures, déclarai-je avec véhémence.

Poirot ferma les yeux :

— Très bien alors. Vous ne regarderez pas par les trous de serrures. Vous resterez un gentleman anglais, et quelqu'un sera tué. Ça, ça n'a aucune importance. Pour un Anglais, l'honneur prime. Votre honneur a plus de valeur que la vie d'un homme. Bon ! C'est entendu !

— Non, mais après tout, Poirot...

— Envoyez-moi Curtiss, ordonna Poirot froidement. Allez-vous-en. Vous êtes entêté et extrêmement stupide et je voudrais avoir quelqu'un d'autre en qui je puisse avoir confiance, mais j'imagine que je vais devoir m'accommoder de vous et de vos idées absurdes sur le code de l'honneur. Puisque vous ne pouvez pas utiliser vos petites cellules grises, pour la bonne raison que vous n'en avez pas, servez-vous au moins de vos yeux, de vos oreilles, de votre nez si nécessaire, dans la mesure où les règles de l'honneur vous y autorisent.

Le lendemain, je me hasardai à avancer une idée qui m'était déjà venue à l'esprit plusieurs fois. Je le fis non sans crainte, car je savais Poirot imprévisible. Je lui dis :

— J'ai réfléchi, Poirot. Je sais que je ne suis pas un bon partenaire. Vous avez même déclaré que j'étais stupide et, ma foi, en un sens, c'est vrai. Et depuis la mort de Cinders, je ne suis plus que l'ombre de moi-même...

Je m'arrêtai. Poirot grogna pour me marquer sa sympathie. Je poursuivis :

— Mais il y a quelqu'un ici qui pourrait nous aider. Intelligent, imaginatif et plein de ressources, habitué à prendre des décisions, un homme qui possède une vaste expérience... Je veux parler de Boyd Carrington. C'est l'homme qu'il nous faut, Poirot. Mettez-le dans la confidence. Expliquez-lui toute l'affaire.

Poirot ouvrit les yeux et répondit, avec un ton qui n'admettait aucune réplique :

— Certainement pas.

— Pourquoi pas ? Il est intelligent, vous ne pouvez pas le nier. Beaucoup plus intelligent que moi.

— Ça, répliqua Poirot d'un ton sarcastique, ce n'est pas difficile. Mais retirez-vous cette idée de la tête, Hastings. Nous ne mettrons personne dans la confidence. C'est bien compris ? Je vous interdis d'aborder ce sujet.

— Très bien, si vous le dites, mais vraiment, Boyd Carrington...

— Taratata ! Boyd Carrington ! Pourquoi êtes-vous obsédé par Boyd Carrington ? Qui est-il, après tout ? Un grand bonhomme pompeux et content de lui parce qu'on l'appelait « Votre Excellence ». Un homme qui a... oui, une espèce de savoir-vivre, de charme et de bonnes manières. Mais il n'a rien d'extraordinaire, votre Boyd Carrington. Il se répète, il vous raconte plusieurs fois la même anecdote et, pis encore, sa mémoire est si mauvaise qu'il vous sert aussi celle que vous lui avez vous-même racontée ! Un homme hors du commun ? Pas le moins du monde. Un vieux raseur, un moulin à paroles... enfin, une pontifiante baudruche !

— Effectivement, dus-je reconnaître.

C'était vrai que la mémoire de Boyd Carrington laissait à désirer. En fait, il avait commis un impair qui avait beaucoup agacé Poirot. Celui-ci lui avait raconté une histoire qui lui était arrivée à l'époque où il faisait partie de la police belge et, à peine deux jours plus tard, alors que plusieurs d'entre nous étaient rassemblés dans le parc, Boyd Carrington la lui resservait avec l'entrée en matière suivante : « Je me rappelle ce que m'a raconté le chef de la Sûreté de Paris... » Cela lui était visiblement resté en travers de la gorge !

Je me tus poliment et, sans rien ajouter, me retirai.

Je descendis et sortis dans le parc. Il n'y avait personne. Je traversai un bouquet d'arbres et grimpai sur une butte herbeuse au sommet de laquelle se trouvait un pavillon d'été dans un état de décrépitude avancée. Je m'y assis, allumai ma pipe et me disposai à réfléchir.

Qui, à Styles, pouvait bien avoir un motif précis pour commettre un assassinat ?

Mis à part le cas évident du colonel Luttrell – mais que j'imaginai mal, si justifié qu'il aurait été de le faire, s'attaquer à sa femme à la hachette au milieu d'une partie de bridge –, de prime abord personne ne me venait vraiment à l'esprit.

L'ennui, c'est que je ne possédais pas assez de renseignements sur tous ces gens. Norton, par exemple, ou Mlle Cole ? Quels sont les mobiles habituels du meurtre ? L'argent ? D'après moi, Boyd Carrington était le seul homme riche du groupe. S'il mourait, qui hériterait de son argent ? Quelqu'un de la maison ? Je ne le pensais pas, mais c'était un point à éclaircir. Il pouvait, par exemple, avoir fait don de sa fortune à la recherche et nommé Franklin fidéicommissaire. Son absurde remarque à propos de l'élimination de 80 % de l'humanité pouvait constituer un sérieux élément à charge contre notre docteur rouquin. Ou bien encore, Norton et Mlle Cole pourraient être des parents éloignés héritant automatiquement. Tiré par les cheveux, mais pas impossible. Le colonel Luttrell, un vieil ami, serait-il un bénéficiaire du testament de Boyd Carrington ?

Après avoir épuisé les conjectures financières, j'envisageai l'affaire sous un angle plus romantique : les Franklin. Mme Franklin était malade. L'empoisonnait-on lentement, et la responsabilité de sa mort serait-elle attribuée à son mari ? C'était un médecin, il en avait sans aucun doute l'occasion et les moyens. Et son mobile ? Il me vint à l'esprit la déplaisante idée que Judith pourrait y être pour quelque chose. J'étais bien placé pour savoir que leurs relations étaient strictement professionnelles mais qu'en penserait l'opinion publique ? Et qu'en déduirait un policier cynique ? Judith était très belle. Une assistante séduisante avait été le mobile de bien des crimes. Hypothèse qui me consterna.

Je me penchai ensuite sur le cas Allerton. Quelle raison pouvait-il y avoir de se débarrasser de lui ? Quitte à avoir un meurtre, il m'aurait plu que ce soit Allerton la victime ! On devait trouver facilement des motifs pour vouloir l'écarter du chemin. Mlle Cole, bien qu'elle ne fût plus jeune, était encore belle. On pouvait l'imaginer agissant sous l'empire de la jalousie si elle avait entretenu avec lui une relation intime, bien que je n'eusse à la vérité aucune raison de penser que ce fût le cas. D'autre part, si Allerton était X…

Je secouai la tête, agacé. Tout cela ne me menait nulle part. En bas, un bruit de pas sur le gravier attira mon attention. C'était Franklin qui marchait rapidement vers la maison, mains dans les poches, tête projetée en avant. Toute son attitude exprimait le découragement. En le surprenant comme ça, à la dérobée, je fus frappé de voir qu'il avait l'air d'un homme profondément malheureux.

J'étais si occupé à l'observer que je sursautai quand Mlle Cole m'adressa la parole.

— Je ne vous avais pas entendue venir, m'excusai-je en me levant précipitamment.

Elle examinait le pavillon :

— Quelle relique victorienne !

— N'est-ce pas ? Et pleine de toiles d'araignées, j'en ai bien peur. Mais asseyez-vous. Je vais nettoyer le siège.

Je voyais là l'occasion de faire plus ample connaissance avec l'un des pensionnaires. Je l'observai tout en me livrant à mon opération de nettoyage.

Elle avait entre 30 et 40 ans, l'air un peu désorienté mais avec un profil bien dessiné et de très beaux yeux. Son attitude était toute de réserve, plus encore, de méfiance. Il me vint soudain à l'idée qu'elle avait dû souffrir et qu'elle avait peur de la vie. Maintenant, j'avais vraiment envie d'en savoir plus sur Mlle Elizabeth Cole.

— Et voilà, dis-je, après un dernier petit coup de chiffon. Je ne peux pas faire mieux.

— Merci.

Elle sourit et s'assit. Je m'assis à côté d'elle. Le siège craqua de façon menaçante, mais aucune catastrophe ne s'ensuivit.

— Dites-moi, à quoi songiez-vous quand je suis arrivée ? me demanda-t-elle. Vous aviez l'air tellement absorbé par vos pensées !

Je répondis lentement :

— J'observais le Dr Franklin.

— Ah, oui ?

Je ne vis aucune raison de lui cacher ce que j'avais en tête.

— J'avais été frappé par le fait qu'il avait l'air très malheureux.

— Mais il l'est, bien sûr, me répondit-elle tranquillement. Vous auriez pu vous en apercevoir avant.

Ma surprise ne lui échappa sans doute pas. En balbutiant un peu, je répliquai :

— Non... non... je n'avais rien vu. Je le croyais exclusivement plongé dans ses travaux.

— Mais c'est le cas.

— Et vous considérez que c'est un malheur ? On ne peut imaginer plus grand bonheur, à mon avis !

— Oh ! bien sûr, je ne le conteste pas... Sauf lorsque, précisément, on vous en empêche. Autrement dit, si vous ne pouvez pas donner le meilleur de vous-même.

Je lui jetai un regard intrigué. Elle s'expliqua :

— À l'automne dernier, on a proposé au Dr Franklin d'aller poursuivre ses recherches en Afrique. Il est remarquablement intelligent, comme vous savez, et il a déjà fait un travail de premier ordre dans le domaine de la médecine tropicale.

— Et il n'y est pas allé ?

— Non. Sa femme s'y est opposée. Elle ne se sentait pas assez bien pour supporter le climat et elle refusait de rester seule ici, d'autant plus qu'elle aurait dû vivre petitement. Le salaire offert n'était pas très élevé.

— Oh ! fis-je, et je poursuivis en réfléchissant : Il a eu le sentiment, je suppose, que, dans son état de santé, il ne pouvait pas l'abandonner.

— Vous en savez long sur son état de santé, capitaine Hastings ?

— Ma foi, je... non... Mais elle est malade, n'est-ce pas ?

— Elle se complaît certainement dans la maladie, répliqua sèchement Mlle Cole.

Je la regardai, un peu sceptique. Il était clair que ses sympathies allaient toutes au mari.

— J'imagine, repris-je sans hâte, que les femmes de nature... délicate ont tendance à se montrer égoïstes ?

— Oui, je crois que les malades – les malades chroniques – sont en général très égoïstes. On ne peut peut-être pas les en blâmer. Ce serait trop facile.

— Vous pensez que Mme Franklin n'est pas réellement malade, n'est-ce pas ?

— Oh ! je ne dirais pas ça. C'est juste un doute. Elle paraît toujours en mesure de faire ce qu'elle a envie de faire.

Je réfléchis un instant en silence. J'étais frappé de ce que Mlle Cole parût tout savoir des tenants et aboutissants du ménage Franklin. Non sans curiosité, je lui demandai :

— Vous connaissez bien le Dr Franklin ?

Elle secoua la tête :

— Oh ! non. Je ne les avais rencontrés qu'une ou deux fois avant de les retrouver ici.

— Mais il vous a parlé de lui, j'imagine ?

De nouveau, elle secoua la tête :

— Non. Tout ce que je viens de vous dire, je le tiens de votre fille, Judith.

Judith, me dis-je non sans amertume, parle à tout le monde sauf à moi.

Mlle Cole poursuivit :

— Judith est incroyablement dévouée à son patron et toujours prête à prendre sa défense. Elle ne trouve aucune excuse à l'égoïsme de Mme Franklin.

— Vous pensez aussi qu'elle est égoïste ?

— Oui, mais je peux la comprendre. Je comprends les malades. Je comprends aussi que le Dr Franklin cède à ses caprices. Judith, elle, voudrait qu'il l'abandonne dans un coin et poursuive son travail. Votre fille est une scientifique passionnée.

— Je sais, répondis-je tristement. Cela m'inquiète parfois. Cela ne paraît pas normal, si vous voyez ce que je veux dire. Elle devrait être... plus humaine... avoir envie de s'amuser un peu. De tomber amoureuse d'un gentil garçon. Après tout, la jeunesse, c'est le moment de prendre du bon temps, pas de rester penchée sur des tubes à essais. Ce n'est pas naturel. À notre époque, on s'amusait, on flirtait... vous le savez comme moi.

Un silence suivit. Puis Mlle Cole déclara d'une drôle de voix :

— Non, je n'en sais rien.

Je fus horrifié. Inconsciemment, j'avais parlé comme si nous étions de la même génération, mais je me rendis compte soudain qu'elle avait bien dix ans de moins que moi et que j'avais involontairement manqué de tact.

Elle interrompit mes balbutiantes excuses :

— Non, non. Ne vous excusez pas. Je voulais simplement dire ce que j'ai dit : Je n'en sais rien. Je n'ai jamais été ce que vous appelez « jeune ». Je n'ai jamais eu ce que l'on appelle « du bon temps ».

Je fus désarçonné par l'amertume et la profonde rancœur qui perçaient dans sa voix.

— Je suis désolé, marmonnai-je bêtement, mais sincèrement.

Elle sourit :

— Bah ! Ça n'a pas d'importance. Ne soyez pas si consterné. Parlons d'autre chose.

J'obéis.

— Parlez-moi des autres personnes qui sont ici, lui demandai-je. À moins qu'ils soient tous des étrangers pour vous.

— Je connais les Luttrell depuis toujours. C'est assez triste qu'ils soient obligés de faire ça, surtout pour lui. C'est un amour. Et elle est plus gentille que vous le pensez. C'est d'avoir été toute sa vie obligée de se serrer la ceinture qui explique sa rapacité. Quand vous êtes toujours dans le besoin, ça finit par laisser des traces. La seule chose que je n'aime pas, chez elle, ce sont ses débordements d'amabilité.

— Parlez-moi de M. Norton.

— Il n'y a pas grand-chose à en dire. Il est très gentil, timide, un peu simplet peut-être. Il a toujours été assez délicat. Il a vécu avec sa mère, une femme plutôt revêche et stupide. Très autoritaire, je crois. Elle est morte il y a quelques années. Il a la passion des oiseaux et des fleurs. Il est profondément bon, et c'est le genre d'homme qui voit beaucoup de choses.

— Avec ses jumelles, vous voulez dire ?

Mlle Cole sourit :

— Ma foi, je ne l'entendais pas à la lettre. Je voulais plutôt dire qu'il *remarque* beaucoup de choses. C'est souvent le cas chez les gens paisibles. Il est généreux et très attentionné pour un homme, mais assez... *inefficace*, si vous voyez ce que je veux dire.

Je hochai la tête :

— Oh ! oui, je sais.

Soudain son ton redevint amer :

— C'est le côté déprimant de ces pensions de famille dirigées par des gens bien nés mais ruinés : elles sont pleines de ratés, de gens qui ont toujours échoué et ne réussiront jamais rien, qui ont été vaincus et brisés par la vie, de gens vieux, fatigués, finis.

Sa voix s'éteignit. Une profonde tristesse m'envahit. C'était tellement juste ! Nous étions tous là, des gens au crépuscule de la vie : têtes grises, cœurs gris, rêves gris. Moi-même, j'étais triste et solitaire, et la femme à mes côtés, amère et désillusionnée. Le Dr Franklin, plein d'ardeur et d'ambition avait les ailes coupées. Sa femme était en proie à la maladie. Le paisible petit Norton boitillait à la recherche d'oiseaux. Même Poirot, le brillant Poirot de jadis, était maintenant affaibli et infirme.

Comme tout cela était différent auparavant, lorsque j'étais venu pour la première fois à Styles ! Ce souvenir me fut si insupportable qu'il m'arracha un soupir de douleur et de regret.

— Qu'y a-t-il ? me demanda vivement Mlle Cole.

— Rien. J'ai été simplement frappé par le contraste. Je suis venu ici jeune homme, il y a des années, vous comprenez. Je faisais la comparaison entre alors et maintenant.

— Je vois. C'était une maison heureuse, à l'époque ? Tout le monde était heureux ici ?

Curieux comme nos pensées paraissent parfois agitées comme dans un kaléidoscope. J'étais justement maintenant la victime de ce phénomène : des allées et venues, des glissements de souvenirs, d'événements. Puis la mosaïque se remit en place.

Mes regrets concernaient le passé en tant que passé, non la réalité de ce passé. Car même alors, en ce temps lointain, le bonheur ne régnait pas à Styles. Je revoyais objectivement les faits. Mon ami John et sa femme, tous les deux malheureux et irrités par la vie qu'ils étaient obligés de mener. Lawrence Cavendish, noyé dans la mélancolie. Cynthia, sa vivacité enfantine étouffée par sa position de dépendance. Ingelthorp, marié à une femme pour son argent. Non, aucun d'eux n'était heureux. Et aujourd'hui non plus, personne n'était heureux ici. Styles ne portait pas bonheur.

— Je me berçais d'illusions, dis-je. Cette maison n'a jamais été heureuse. Elle ne l'est pas plus maintenant. Tout le monde ici est malheureux.

— Non, non. Votre fille…

— Judith n'est pas heureuse.

Je l'avais affirmé avec une soudaine certitude. Non, Judith n'était pas heureuse.

— Boyd Carrington... je me demande. Il m'a dit l'autre jour qu'il se sentait solitaire, mais j'ai l'impression qu'il a beaucoup de motifs de satisfaction, avec sa maison...

— Oh ! oui, mais sir William, c'est différent, répliqua vivement Mlle Cole. Il n'est pas d'ici, comme nous tous. Il vient du monde extérieur, le monde du succès et de l'indépendance. Il a réussi sa vie et il en a conscience. Il n'a pas sa place parmi les... les mutilés.

— Pourquoi avez-vous employé ce mot ?

— Parce que c'est la vérité, me répondit-elle avec une violence soudaine. La vérité en ce qui me concerne, en tout cas. Je suis mutilée.

— Vous avez dû être très malheureuse, remarquai-je.

Elle me répondit d'un ton calme :

— Vous ne savez pas qui je suis, n'est-ce pas ?

— Euh... je connais votre nom...

— Je m'appelle Cole, mais c'est le nom de ma mère. Je l'ai pris... après.

— Après ?

— Mon vrai nom est Lichtfield.

Je n'en saisis pas tout de suite la signification, le nom me parut seulement vaguement familier. Puis je retrouvai la mémoire :

— Matthew Lichtfield !

Elle hocha la tête :

— Je vois que vous êtes au courant. C'était ce que je voulais dire tout à l'heure. Mon père était un malade et un tyran. Il nous interdisait toute espèce de vie normale. Nous ne pouvions pas inviter des amis à la maison. Il ne nous donnait pas d'argent. Nous étions... en prison. (Elle s'interrompit, les yeux assombris et grands ouverts. Puis elle reprit :) Et alors ma sœur... ma sœur...

Elle s'arrêta.

— Je vous en prie, ne poursuivez pas. C'est trop douloureux pour vous. Et ce n'est pas nécessaire, je connais votre histoire.

— Mais non, vous ne savez rien. Vous ne pouvez pas savoir. Maggie... c'est inconcevable, incroyable... Elle est allée à la police, elle s'est rendue, elle a avoué, évidemment... Mais je n'arrive quand même pas à le croire ! J'ai l'impression que ça ne s'est pas... que ça ne peut pas s'être passé comme elle l'a dit.

— Vous pensez..., dis-je en hésitant, que... que les faits ne concordent pas ?

— Non, non. Ce n'est pas ça. Non, c'est Maggie elle-même. Ça ne lui ressemblait pas. Ce n'était pas... ce n'était pas *Maggie*.

J'avais les mots sur le bout de la langue, mais je ne les prononçai pas. Le moment n'était pas encore venu où je pourrais lui dire : « Vous avez raison. *Ce n'était pas Maggie...* »

107

9

Il devait être environ 18 heures lorsque le colonel Luttrell fit son apparition dans le chemin, avec un fusil de chasse et deux pigeons ramiers fraîchement abattus.

Il sursauta lorsque je l'appelai et sembla surpris de nous voir :

— Tiens donc ! Qu'est-ce que vous faites là ? Ce vieux machin délabré est dangereux, vous savez. Il tombe en morceaux. Vous allez le recevoir sur la tête. En tout cas, vous allez vous salir, Elizabeth.

— Oh ! ne vous inquiétez pas. Le capitaine Hastings a sacrifié un mouchoir pour sauvegarder la propreté de ma robe.

— Ah, oui, vraiment ? murmura vaguement le colonel. Bien, bien…

Comme il restait là, à tirer sur sa moustache, nous nous levâmes et le rejoignîmes. Il paraissait très loin, perdu dans ses pensées. Il se réveilla pour dire :

— J'ai essayé d'avoir quelques-uns de ces maudits ramiers. Ils font de ces ravages !

— Vous êtes, paraît-il, un excellent tireur, remarquai-je.

— Hein ? Qui vous a dit ça ? Oh ! Boyd Carrington. Je l'ai été… je l'ai été… Mais je suis un peu rouillé, maintenant. L'âge se fait sentir.

— La vue, peut-être ? dis-je.

Suggestion qu'il repoussa aussitôt :

— Ridicule ! Ma vue n'a jamais été meilleure. C'est-à-dire… je dois porter des lunettes pour lire, bien sûr. Mais de loin, je vois parfaitement. Oui… parfaitement, répéta-t-il quelques instants plus tard. Non que cela ait la moindre importance, d'ailleurs…

Sa voix s'éteignit et finit en un vague murmure.

Regardant autour d'elle, Mlle Cole déclara :

— Quelle merveilleuse soirée !

C'était bien vrai. La lumière dorée du soleil couchant donnait au vert profond des arbres un aspect éclatant. C'était une de ces soirées paisibles, très anglaises, telles qu'on se les rappelle quand on se trouve au loin, dans des contrées tropicales. J'en fis la remarque et le colonel Luttrell en tomba aussitôt d'accord :

— Oui, oui, j'ai souvent pensé à des soirées comme celle-là quand j'étais là-bas… aux Indes. Cela vous donne envie de rentrer au pays, n'est-ce pas ?

Je hochai la tête. Il poursuivit, d'une tout autre voix :

— Oui, rentrer chez soi… mais rien n'est jamais comme vous vous l'étiez représenté… non… non…

C'était sans doute particulièrement vrai dans son cas. Il ne s'était pas imaginé dirigeant une pension de famille, essayant d'en tirer un bénéfice, avec une épouse hargneuse qui passerait son temps à le harceler et à se plaindre.

Nous marchâmes lentement vers la maison. Norton et Boyd Carrington étaient dans la véranda. Nous les rejoignîmes, le colonel et moi, tandis que Mlle Cole entrait dans la maison.

Nous bavardâmes quelques instants. Le colonel Luttrell paraissait avoir repris ses esprits. Plus gai et plus alerte qu'à l'habitude, il fit même quelques plaisanteries.

— Il a fait chaud aujourd'hui, remarqua Norton. Je meurs de soif.

— Prenons un verre, les amis. Sur le compte de la maison, qu'en dites-vous ? proposa le colonel avec enthousiasme.

Nous acceptâmes et le remerciâmes. Il se leva et entra à l'intérieur.

Nous étions installés sur la terrasse, juste sous la fenêtre de la salle à manger et, comme elle était ouverte, nous entendîmes le colonel ouvrir un placard, puis le grincement d'un tire-bouchon et le bruit d'un bouchon qui saute.

Et soudain, la voix furibonde de Mme Luttrell retentit :

— Qu'est-ce que tu fais, George ?

La réponse du colonel se réduisit à un murmure. Nous n'entendîmes par-ci par-là que quelques marmonnements : « des gens dehors… un verre »…

Une voix stridente s'exclama avec indignation :

— Tu ne vas pas faire une chose pareille, George ! En voilà une idée ! Comment penses-tu faire vivre cet endroit si tu t'amuses à offrir à boire à tout le monde ? Ici, ses boissons, on les paie ! J'ai une tête, moi, si toi tu n'en as pas ! Sans moi, tu ferais faillite demain ! Il faut que je m'occupe de toi comme d'un enfant. Tu n'as pas pour deux sous de bon sens. Donne-moi cette bouteille. Donne-la-moi, je te dis !

On entendit de nouveau un murmure de protestation angoissée, auquel Mme Luttrell répondit avec hargne :

— Je me fiche pas mal que ça leur plaise ou non. La bouteille va retourner dans le placard, et je vais l'enfermer à double tour.

Suivit le bruit d'une clé qu'on tournait dans la serrure.

— Et voilà. C'est comme ça !

Cette fois, la voix du colonel se fit entendre plus clairement :

— Tu exagères, Daisy. Je ne le tolérerai pas.

— Toi, tu ne le toléreras pas ? Et qui es-tu pour dire ça, je voudrais bien le savoir ? Qui dirige cette maison ? C'est moi. Tâche de ne pas l'oublier.

Un froissement de tissu indiqua que Mme Luttrell quittait précipitamment les lieux.

Il s'écoula un certain temps avant que le colonel réapparaisse soudain défait et abattu.

111

Nous étions tous profondément affligés pour lui et nous aurions tous assassiné Mme Luttrell de grand cœur.

— Désolé, mes amis, nous dit-il d'un ton contraint. Nous sommes à court de whisky.

Il devait savoir que nous n'avions pas pu faire autrement que d'entendre ce qui s'était passé. Dans le cas contraire, notre comportement n'aurait pas tardé à le lui faire comprendre. Nous étions tous plongés dans un profond malaise, que Norton s'empressa maladroitement de dissiper en assurant qu'il n'avait pas vraiment envie d'un verre – on était trop près du dîner – et en changeant ensuite laborieusement de sujet pour faire une série de remarques décousues. Ce fut un moment particulièrement pénible. Pour ma part, je me sentais pétrifié et Boyd Carrington, le seul d'entre nous qui aurait pu détendre l'atmosphère, en fut empêché par le verbiage de Norton.

Du coin de l'œil j'aperçus Mme Luttrell qui descendait l'allée à grands pas, munie de gants de jardinage et d'un sarcloir. C'était certainement une femme pleine de qualités, mais en cet instant je n'étais pas disposé à excuser son comportement. Aucun être humain n'a le droit d'humilier son prochain.

Norton poursuivait son bavardage fiévreux. Il avait ramassé un des pigeons ramiers, et après nous avoir raconté comment on s'était moqué de lui en classe de travaux pratiques pour avoir été malade à la vue d'un cadavre de lapin, il parlait maintenant de chasses réservées et de grouses et nous débitait une longue et fumeuse histoire de rabatteur tué en Écosse. Nous en vînmes à évoquer divers accidents de chasse, et Boyd Carrington, après s'être éclairci la voix, déclara :

— Il est arrivé une histoire plutôt amusante un jour à une de mes ordonnances. Un Irlandais. Il avait eu un congé qu'il était allé passer dans son pays. À son retour, je lui avais demandé si ses vacances avaient été réussies.

— Ah ! pour sûr, votre Honneur, les meilleures que j'ai eues de ma vie !

— J'en suis ravi, répondis-je, plutôt surpris par son enthousiasme.

— Ah ! oui, pour sûr, de magnifiques vacances ! Même que j'ai tué mon frère !

— Vous avez tué votre frère ! m'exclamai-je.

— Ah ! Ça oui, et pas qu'à moitié. Y avait des années que ça me démangeait de le faire. Et voilà qu'un beau soir j'étais sur un toit à Dublin, et qui je vois qu'arrive dans la rue ? Mon frère. Et moi j'étais là, avec ma carabine dans les mains… Un joli coup ça a été, même si c'est moi qui le dis. Proprement abattu en plein vol, le frangin ! Comme un piaf. Ah ! le beau moment que ça a été ! Je suis pas près de l'oublier !

Boyd Carrington racontait bien, accentuant le côté théâtral de son récit, si bien qu'il nous fit tous rire et que l'atmosphère se détendit. Quand il se retira pour prendre un bain avant le dîner, Norton exprima notre sentiment à tous en s'exclamant, plein d'enthousiasme :

— Quel type formidable !

J'acquiesçai et Luttrell déclara :

— Oui, oui, un très bon garçon.

— Il n'a connu que des succès, d'après ce que j'ai compris, reprit Norton. Il a la main heureuse. Lucide, avec des idées bien à lui... un homme d'action avant tout. L'homme de la réussite par excellence.

— Il y a des hommes comme ça, déclara Luttrell, songeur. Tout ce qu'ils font tourne à leur avantage. Ils ne peuvent pas se tromper. Il y a des gens à qui la chance sourit toujours.

Norton secoua vivement la tête :

— Non, non, monsieur. Ce n'est pas de la chance. « Pas dans les étoiles, cher Brutus, mais en nous-mêmes », ajouta-t-il, citant Shakespeare d'un ton plein de sous-entendus.

— Vous avez peut-être raison, reconnut Luttrell.

— Quoi qu'il en soit, dis-je vivement, il a bien de la chance d'avoir hérité de Knatton. Quel endroit merveilleux ! Mais il faudrait qu'il se marie. Sinon, il va se sentir bien seul là-bas.

— Qu'il se marie et se range une bonne fois pour toutes ? demanda Norton en riant. Et si sa femme se mettait à le tyranniser ?

Pure malchance. C'était le genre de remarque que n'importe qui aurait pu faire, mais qui se trouva être bien mal venue en la circonstance. Norton en prit conscience à l'instant même où les mots franchissaient ses lèvres. Il essaya de les retenir, hésita, balbutia et s'arrêta, embarrassé. Ce qui ne fit qu'empirer les choses.

Je m'emparais aussitôt de la conversation. Je fis une réflexion stupide à propos de la lumière du soir. Norton proposa de faire un bridge après le dîner.

Le colonel Luttrell ne prêta aucune attention à nos propos. Il déclara d'une voix étrange et atone :

— Non, Boyd Carrington ne sera jamais tyrannisé par sa femme. Ce n'est pas le genre à se laisser tyranniser. C'est un homme, lui !

Son commentaire nous mit mal à l'aise. Norton recommença à jacasser à propos de bridge. Pendant qu'il parlait, un grand pigeon ramier vint battre des ailes au-dessus de nos têtes et alla se percher non loin de là, sur une branche.

Le colonel attrapa son fusil :

— Encore une de ces sales bêtes !

Mais avant qu'il ait pu le viser, l'oiseau s'était de nouveau envolé à travers les arbres, où il était impossible de l'atteindre.

Au même instant, un mouvement sur l'autre versant de la pente détourna l'attention du colonel :

— Bon Dieu ! Voilà un lapin, maintenant, qui grignote l'écorce de mes jeunes arbres fruitiers ! Je les avais pourtant grillagés !

Il leva son fusil et tira.

Un cri retentit, un cri de femme qui s'éteignit dans une espèce d'horrible gargouillement.

Le fusil tomba des mains du colonel, qui s'affaissa :

— Mon Dieu… c'est Daisy !

Je traversais déjà la pelouse en courant, Norton sur mes talons. Arrivé sur les lieux, je m'accroupis. Mme Luttrell s'était agenouillée pour fixer un tuteur à l'un des petits arbres fruitiers. La végétation était très haute à cet endroit, ce qui expliquait que le colonel ne l'ait pas vue et n'ait distingué que des mouvements dans l'herbe à la lumière du crépuscule. Elle avait été atteinte à l'épaule et saignait abondamment.

J'examinai la blessure et levai les yeux sur Norton. Appuyé contre un arbre, il était vert, sur le point de rendre l'âme.

— Je ne peux pas supporter la vue du sang, déclara-t-il en guise d'excuse.

— Allez chercher Franklin tout de suite, ordonnai-je d'un ton tranchant. Ou l'infirmière.

Il acquiesça et partit en courant.

Ce fut Mlle Craven qui fit son apparition la première. Arrivée en un clin d'œil, elle se mit aussitôt, de façon très professionnelle, en devoir d'arrêter l'hémorragie. Franklin la suivit peu après au pas de course. À eux deux, ils transportèrent Mme Luttrell dans la maison et la mirent au lit ; puis, après avoir nettoyé et pansé sa blessure, Franklin alla appeler son médecin habituel tandis que Mlle Craven restait auprès d'elle.

Je tombai sur Franklin au moment où il raccrochait le combiné du téléphone.

— Comment va-t-elle ?

— Oh ! elle s'en remettra. Fort heureusement, aucun organe vital n'a été atteint. Comment est-ce arrivé ?

Je le lui expliquai.

— Je vois, dit-il. Où est-il, le pauvre vieux ? Il doit être anéanti, j'imagine. Il a sans doute besoin de plus de soins qu'elle. Il n'a pas le cœur très solide.

Nous trouvâmes le colonel Luttrell dans le fumoir. Il avait l'air hébété, et les contours de sa bouche étaient tout bleus.

— Daisy ? Est-elle... comment est-elle ? demanda-t-il d'une voix brisée.

— Elle va très bien, monsieur, répondit vivement Franklin. Ne vous faites pas de souci.

— J'ai... pensé... un lapin... grignotait l'écorce... Je ne comprends pas comment j'ai pu... une erreur pareille. J'avais la lumière dans les yeux...

— Ce sont des choses qui arrivent, répliqua Franklin. Ce n'est pas la première fois que je vois ça. Cela dit, monsieur, permettez-moi de vous donner un remontant. Vous n'avez pas l'air très en forme.

— Je vais très bien. Est-ce que je peux... Je peux aller la voir ?

— Pas tout de suite. Mlle Craven est avec elle. Mais il ne faut pas vous inquiéter. Elle va bien. Le Dr Oliver va arriver et il vous le dira lui-même.

Je les abandonnai tous les deux et sortis profiter du soleil couchant. J'aperçus Judith et Allerton qui venaient dans ma direction. Ils avaient la tête penchée l'un vers l'autre et riaient tous deux.

Après la tragédie que nous venions de vivre, cela me rendit furieux. J'interpellai Judith d'un ton tranchant. Elle leva les yeux, surprise. En quelques mots, je leur racontai ce qui s'était passé.

— Quelle histoire incroyable ! commenta simplement ma fille.

Elle n'avait pas du tout l'air troublée. Quant à Allerton, sa réaction fut proprement scandaleuse. On aurait dit qu'il prenait toute l'affaire pour une bonne plaisanterie.

— Bien fait pour cette sale mégère, remarqua-t-il. Vous pensez que le bonhomme l'a fait exprès ?

— Certainement pas, répliquai-je vivement. C'était un accident.

— Ce genre d'accident, on connaît. Drôlement commode, parfois. Ma parole, si le vieux l'a fait exprès, je lui tire mon chapeau.

— Il n'a rien fait de tel ! rétorquai-je avec irritation.

— N'en soyez pas si sûr. J'ai connu deux hommes qui ont abattu leur femme. L'un en nettoyant son revolver. L'autre a tiré sur elle à bout portant, en manière de plaisanterie. Il ne savait pas que son arme était chargée. Ils s'en sont sortis tous les deux. Belle façon de recouvrer sa tranquillité, je dirais.

— Le colonel Luttrell n'est pas de ces hommes, repartis-je froidement.

— Vous ne pouvez quand même pas dire que ce ne serait pas une bienheureuse libération ? s'exclama Allerton non sans pertinence. Ils ne venaient pas de se disputer, par hasard ?

Furieux, je leur tournai le dos, ce qui me permit également de dissimuler mon trouble. Allerton s'était approché un peu trop de la vérité. Pour la première fois, un doute m'effleurait.

Ma rencontre avec Boyd Carrington n'arrangea rien. Il était allé faire un tour du côté du lac. Dès que je l'eus mis au courant de l'événement, il me demanda :

— Vous ne pensez pas qu'il avait l'intention de la tuer, n'est-ce pas, Hastings ?

— Cher ami !

— Désolé, désolé, je n'aurais pas dû dire ça. C'est seulement que, sur le moment, j'ai pensé… Elle… elle l'avait un peu cherché, vous savez.

Nous restâmes un instant silencieux, nous remémorant la scène que nous avions si involontairement surprise.

Je retournai dans la maison et, inquiet et malheureux, allai frapper à la porte de Poirot.

Il avait déjà été mis au courant par Curtiss de ce qui s'était passé, mais il était impatient d'en savoir plus. Depuis mon arrivée à Styles, j'avais pris l'habitude de lui raconter en détail mes rencontres et mes conversations. J'avais l'impression que, de cette façon, ce cher vieil homme se sentait moins coupé du monde. Je lui procurais l'illusion de participer effectivement à ce qui l'entourait. J'ai toujours eu une mémoire très précise et il ne m'était pas difficile de tout lui rapporter à la lettre.

Poirot m'écouta très attentivement. J'espérais qu'il allait définitivement écarter l'horrible idée qui s'était maintenant emparée de mon esprit, mais avant qu'il ait pu me dire ce qu'il en pensait, on frappait doucement à la porte.

C'était Mlle Craven, qui s'excusa de nous déranger.

— Je suis désolée, mais je pensais trouver le médecin ici. La vieille dame est consciente, maintenant, et elle se fait du souci pour son mari. Elle voudrait le voir. Savez-vous où il est, capitaine Hastings ? Je ne veux pas abandonner ma patiente.

Je me proposai pour aller le chercher. Poirot m'approuva du chef et Mlle Craven me remercia chaleureusement.

Je dénichai le colonel Luttrell dans une petite pièce rarement utilisée. Debout près de la fenêtre, il regardait au-dehors.

Il se retourna vivement en m'entendant entrer. Il m'interrogea du regard. Il avait l'air effrayé.

— Votre femme a repris conscience, colonel, et elle vous réclame.

Ses joues se colorèrent et je me rendis compte alors à quel point il avait été pâle auparavant.

— Oh !... balbutia-t-il comme un très, très vieil homme, elle... elle... me réclame ? Je vais... je viens... tout de suite.

Il traîna les pieds vers la porte, si peu solide sur ses jambes que je vins l'aider. Il s'appuya lourdement sur moi pour monter l'escalier, respirant avec difficulté. Comme Franklin l'avait prévu, il était en état de choc.

Arrivés devant la porte de la blessée, je frappai et la voix claire de Mlle Craven se fit entendre aussitôt :

— Entrez !

Soutenant toujours le colonel, j'entrai avec lui dans la chambre. Nous passâmes de l'autre côté du paravent qui masquait le lit.

Blême et frêle, Mme Luttrell avait l'air très mal et gardait les yeux clos. Elle les ouvrit cependant en nous entendant et dit d'une petite voix haletante :

— George... George...
— Daisy... ma chérie...

Elle avait un bras bandé et immobilisé. L'autre, celui qui était libre, fit un mouvement vers lui. Il approcha, prit sa petite main dans la sienne et murmura de nouveau :

— Daisy...

Puis, d'un ton bourru :

— Dieu soit loué, tu vas bien !

En le regardant, en voyant l'amour profond et l'angoisse qui se reflétaient dans ses yeux humides, je me sentis amèrement honteux de nos macabres suppositions.

Je sortis sans bruit de la chambre. Ah ! oui, vraiment, cet accident n'aurait été qu'un camouflage ! La profonde reconnaissance qui s'était exprimée dans le regard du colonel, n'était pas déguisée. Je me sentis immensément soulagé.

Je marchais dans le couloir lorsque le gong me fit sursauter. J'avais complètement oublié l'heure. L'accident avait tout bouleversé. Seule la cuisinière n'avait rien changé à son train-train quotidien et était prête à servir le dîner à l'heure habituelle.

Pour la plupart, nous ne nous étions pas habillés, et le colonel Luttrell ne se montra pas. Mais pour une fois, ravissante dans sa robe du soir rose pâle, Mme Franklin était descendue, en forme et de bonne humeur. De son côté, Franklin, l'air sombre, paraissait plongé dans ses pensées.

Après le dîner, à mon grand dépit, Allerton et Judith disparurent ensemble dans le parc. Je restai assis un moment, à écouter Franklin et Norton discuter de maladies tropicales. Norton ne connaissait pas grand-chose au sujet, mais c'était un auditeur attentif et intéressé.

Mme Franklin bavardait à l'autre bout de la pièce avec Boyd Carrington. Celui-ci lui montrait des échantillons de rideaux et de cretonnes.

Elizabeth Cole paraissait profondément absorbée par son livre, sans doute parce qu'elle se sentait légèrement embarrassée et mal à l'aise avec moi. Ce qui n'avait rien d'étonnant peut-être, après les confidences qu'elle m'avait faites l'après-midi. J'en étais désolé quand même et j'espérais qu'elle ne regrettait pas trop de s'être confiée à moi. J'aurais voulu l'assurer que son secret serait bien gardé, mais elle ne m'en donna pas l'occasion.

Au bout d'un moment, je montai chez Poirot.

Je trouvai le colonel Luttrell assis dans le cercle de lumière que dispensait une petite lampe. Il parlait et Poirot écoutait. Je crois qu'il s'adressait plus à lui-même qu'à son interlocuteur.

— Je me la rappelle si bien… oui, c'était à un bal. Elle était vêtue de blanc, du tulle je crois que ça s'appelle, qui flottait tout autour d'elle. Une si jolie fille… j'ai été très impressionné et je me suis dit : « Voilà la fille que je vais épouser. » Et, grâce à Dieu, j'ai réussi ! Elle avait des manières… terriblement aguichantes, vous savez, pleines d'impertinence. Et elle ne s'en laissait pas conter.

Il étouffa un rire.

Je voyais d'ici la scène. Je me représentais Daisy Luttrell, avec un petit visage insolent et une langue bien aiguisée… si charmante alors, mais prédisposée à devenir acariâtre avec le temps.

Mais c'était à cette jeune fille qu'elle avait été, son premier véritable amour, que le colonel Luttrell pensait ce soir. À sa Daisy.

Je me sentis de nouveau honteux de ce que nous avions dit quelques heures auparavant.

Évidemment, dès que le colonel Luttrell fut parti se coucher, je livrai toute l'histoire à Poirot.

Il m'écouta très tranquillement. Sans que son visage pût laisser entrevoir une quelconque émotion.

— Ainsi, c'est ce que vous pensiez, Hastings, que le coup avait été tiré volontairement ?

— Oui. J'en ai honte maintenant...

Poirot balaya de la main mes états d'âme :

— L'idée vous en est-elle venue tout seul ou quelqu'un vous l'a-t-il suggérée ?

— Allerton a sous-entendu quelque chose en ce sens, répondis-je avec rancœur. De sa part, ce n'est pas étonnant, évidemment.

— Personne d'autre ?

— Boyd Carrington l'a également suggéré.

— Ah ! Boyd Carrington...

— Après tout, c'est un homme d'expérience qui a l'habitude de ce genre de choses.

— Oh ! certainement, certainement. Mais il n'a pas assisté à l'accident ?

— Non, il était parti en promenade. Faire un peu d'exercice avant de se changer pour le dîner.

— Je vois.

— Je ne pense pas avoir vraiment ajouté foi à cette théorie, repris-je, un peu mal à l'aise. C'est seulement...

Poirot m'interrompit :

— Vous n'avez pas à vous reprocher vos soupçons, Hastings. Étant donné les circonstances, l'idée serait venue à n'importe qui. Oh ! oui, c'est absolument normal.

Il y avait quelque chose, dans l'attitude de Poirot, que je ne comprenais pas. Une certaine réserve. Il m'observait de curieuse façon.

— Peut-être, répondis-je. Mais en voyant combien, en vérité, il lui est attaché...

Poirot hocha la tête :

— Exactement. C'est souvent le cas, comme vous le savez. Derrière les querelles, les malentendus, l'hostilité quotidienne apparente, il peut exister une affection profonde et sincère.

J'acquiesçai. Je me rappelais la tendresse qui s'exprimait dans les petits yeux de Mme Luttrell lorsqu'elle avait vu son mari se pencher sur elle. L'amertume, l'impatience, la mauvaise humeur avaient si soudainement disparu !

En allant me coucher, je songeai que la vie d'un couple est décidément bien curieuse.

Cependant, l'attitude de Poirot continuait de me tourmenter. Cet étrange regard, comme s'il attendait que je voie... mais quoi ?

Je me glissais tout juste dans mon lit quand la lumière me vint. Elle m'aveugla brusquement.

Si Mme Luttrell avait été tuée, cela aurait été une affaire banale, *comme ces cinq autres*. Selon toute vraisemblance, le colonel Luttrell aurait tué sa femme. On aurait considéré que c'était un accident, mais personne n'aurait pu en être certain. Les preuves auraient été insuffisantes pour justifier l'accusation de meurtre, mais auraient néanmoins induit le doute.

Mais alors cela signifiait... cela signifiait...

Qu'est-ce que cela signifiait ?

Cela laissait penser – si toutefois il y avait un sens à tout ça – que ce n'était pas le colonel Luttrell qui avait fait feu sur Mme Luttrell, mais X...

Or c'était proprement impossible. J'avais tout vu. C'était bien le colonel Luttrell qui avait tiré. Il n'y avait pas eu d'autre coup de feu.

À moins que... Mais c'était impossible. Non, peut-être pas impossible... simplement hautement improbable, mais possible, oui... Supposons que quelqu'un d'autre ait attendu ce moment, et qu'à l'instant même où le colonel Luttrell tirait (sur un lapin), cet autre ait visé sur Mme Luttrell. On n'aurait entendu qu'un seul coup de feu. Même s'il y avait eu un léger décalage, on l'aurait attribué à l'écho. (Maintenant que j'y pensais, il y avait effectivement eu un écho.)

Non, c'était par trop absurde. Il y avait des moyens de savoir exactement de quelle arme provenait une balle. Les marques sur la balle doivent correspondre aux rayures du canon. Mais ça, la police s'en occupait seulement quand elle avait besoin d'identifier l'arme du crime. Il n'y aurait pas eu d'enquête dans cette affaire. Pas plus que les autres, le colonel Luttrell n'aurait douté qu'il avait bien tiré le coup fatal. Le fait aurait été admis sans discussion ; il n'aurait pas été question d'expertise. Le seul doute aurait porté sur l'intention criminelle ou non du coup de feu – problème qui serait resté à jamais non résolu.

En conséquence, cette affaire aurait été exactement conforme aux autres, à celle du fermier

Riggs qui ne s'en souvenait pas mais supposait avoir commis le meurtre, à celle de Maggie Lichtfield qui avait perdu l'esprit et était allée se rendre pour un crime qu'elle n'avait pas commis.

Oui, cette affaire était en tout point semblable aux autres et je comprenais maintenant l'attitude de Poirot. Il attendait de moi que j'en prenne conscience.

10

Dès le lendemain matin, j'abordai le sujet avec Poirot. Son visage s'éclaira et il agita la tête avec approbation :

— Très bien, Hastings. Je me demandais si vous verriez le lien. Je ne voulais pas vous le souffler, vous comprenez.

— Alors j'ai raison ? C'est encore une affaire X ?

— Indéniablement.

— Mais pourquoi, Poirot ? Quel est le mobile ?

Poirot secoua la tête.

— Vous ne le savez pas ? Vous n'en avez aucune idée ?

— Une idée, j'en ai une, si, répondit lentement Poirot.

— Vous avez trouvé ce qui lie ces différentes affaires entre elles ?

— Je le crois, oui.

— Eh bien alors ?

J'avais du mal à cacher mon impatience.

— Non, Hastings.

— Mais il faut que je sache !

— Il vaut beaucoup mieux que vous ne le sachiez pas.

— Pourquoi ?

— Parce que c'est comme ça, vous devez me croire sur parole.

— Vous êtes incorrigible, répliquai-je. Perclus d'arthrite, impotent, et essayant encore de faire cavalier seul !

— Ne croyez pas ça, Hastings. Bien au contraire, vous occupez une place très importante dans mon dispositif. Vous êtes mes yeux et mes oreilles. Je refuse seulement de vous donner des informations qui pourraient se révéler dangereuses.

— Pour moi ?

— Pour le meurtrier.

— Vous ne voulez pas qu'il soupçonne que vous êtes sur ses traces ? C'est ça, je suppose. Ou alors vous pensez que je suis incapable de me tenir sur mes gardes.

— Vous devriez au moins savoir une chose, Hastings : un homme qui a tué une fois tuera encore et encore, et encore, et encore.

— Quoi qu'il en soit, remarquai-je avec une sombre détermination, il n'y a pas eu de meurtre cette fois-ci. Une balle au moins est tombée à côté.

— Oui, c'est une chance… une grande chance. Comme je vous l'ai dit, ces choses sont difficiles à prévoir.

Il soupira, le visage soucieux.

Je m'en allai sans bruit, tristement conscient de ce que Poirot n'était plus en état de fournir un effort soutenu. Son cerveau était encore lucide, mais c'était un homme fatigué et malade.

Poirot m'avait conseillé de ne pas essayer de percer à jour l'identité de X. Dans mon for intérieur, j'étais toujours convaincu de l'avoir percée à jour, cette identité. À Styles, il n'y avait qu'une personne dont l'incontestable perversité me frappait. De toute façon, il me suffirait d'une question pour m'en assurer. La réponse serait négative, mais n'en aurait pas moins une certaine valeur.

Après le petit déjeuner, je m'attaquai à Judith :
— D'où veniez-vous, hier soir, quand je vous ai rencontrés, le major Allerton et toi ?

L'ennui, c'est que lorsque vous êtes braqué sur un des aspects d'un problème, vous en oubliez tous les autres. Je fus tout à fait surpris de voir Judith se mettre en fureur :
— Vraiment, père, cela ne te regarde pas !

J'ouvris de grands yeux ébahis :
— Je… Je demandais seulement…
— Oui, mais pourquoi ? Pourquoi me poses-tu tout le temps des questions ? Qu'est-ce que tu as fait ? Où es-tu allée ? Avec qui ? C'est intolérable !

Le plus beau, c'était que, pour une fois, évidemment, je ne voulais pas savoir où Judith était allée. C'était Allerton qui m'intéressait.

Je tentai de la calmer :

— Vraiment Judith, je ne vois pas pourquoi je ne pourrais pas te poser une simple question.

— Je ne comprends pas pourquoi tu veux le savoir.

— Je n'y tiens pas particulièrement. En réalité, je me demandais seulement pourquoi aucun de vous deux... euh... n'avait l'air d'être au courant de ce qui s'était passé.

— Tu veux parler de l'accident ? J'étais allée au village, si tu tiens à le savoir, pour acheter des timbres.

Je relevai aussitôt le pronom personnel :

— Allerton n'était pas avec toi, alors ?

Judith poussa un soupir d'exaspération.

— Non, il n'y était pas, me répondit-elle avec une colère froide. En fait, nous nous sommes rencontrés près de la maison, environ deux minutes avant de vous retrouver, vous. J'espère que tu es satisfait maintenant. Mais je tiens à te dire que, si j'avais passé toute la journée à me promener avec le major Allerton, ça ne te regarderait en rien. J'ai 21 ans, je gagne ma vie et je suis maîtresse de mon temps.

— Entièrement, acquiesçai-je précipitamment pour endiguer sa fureur.

— Je suis heureuse que tu le reconnaisses, répliqua Judith, radoucie. Oh ! mon cher père, ne sois pas si pesant. Si tu savais ce que ça peut être exaspérant ! Si seulement tu faisais un peu moins d'histoires !

— Je m'y efforcerai à l'avenir, lui promis-je.

Sur ces entrefaites, Franklin arriva à grands pas.

— Bonjour, Judith. Venez. Nous sommes en retard, déclara-t-il avec une brusquerie presque grossière.

J'en fus agacé malgré moi. Je n'ignorais pas que Judith était l'employée de Franklin, qu'il avait un droit de regard sur son temps et autorité sur elle. Il n'empêche, je ne voyais pas pourquoi il ne pouvait pas se conduire avec un minimum de courtoisie. Ses manières n'étaient pas ce que tout un chacun appellerait raffinées, mais avec la plupart des gens il usait, tout au moins, d'une banale politesse. Alors qu'avec Judith, et spécialement ces derniers temps, il se montrait toujours abrupt et tyrannique. C'est tout juste s'il la regardait quand il lui parlait et il ne faisait guère que lui aboyer des ordres. Contrairement à moi, Judith ne paraissait pas lui en tenir rigueur. Cette attitude me désolait d'autant plus qu'elle contrastait de façon saisissante avec l'attention que lui portait Allerton. John Franklin valait sans nul doute dix fois mieux qu'Allerton, mais pour ce qui était du charme, il tenait difficilement la comparaison.

Alors que Franklin se dirigeait vers son laboratoire, j'observai sa démarche gauche, sa silhouette anguleuse, les os saillants de son visage et de son crâne, ses cheveux roux et ses taches de rousseur. Un homme laid et disgracieux. Pas le moindre attrait. Un cerveau, oui, mais les femmes tombent rarement amoureuses d'un cerveau. Consterné, je songeai que, étant donné ses conditions de travail, Judith ne se trouvait pratiquement jamais en rapport avec d'autres hommes. Elle n'avait jamais l'occasion de rencontrer des hommes séduisants et de les juger. Face à Franklin, bourru et plutôt rebutant, Allerton, avec ses charmes enjôleurs, l'emportait haut la main. Ma pauvre fille n'était pas en mesure de le remettre à sa juste place.

Et si elle tombait sérieusement amoureuse de lui ? L'irritation dont elle avait fait preuve à l'instant était un signe plutôt inquiétant. Je savais qu'Allerton ne valait pas cher. Mais c'était peut-être encore plus grave. Et si Allerton était X ?

Il pouvait l'être. Au moment où le coup de feu avait été tiré, il ne se trouvait pas avec Judith.

Mais quel était le mobile de tous ces crimes apparemment sans objet ? Allerton, j'en étais sûr, n'avait absolument rien d'un fou. Il était tout à fait sain d'esprit et absolument dépourvu de principes.

Et, tout compte fait, Judith, ma Judith, n'avait que trop souvent l'occasion de le rencontrer.

Jusque-là, même si je m'inquiétais un peu pour ma fille, occupé comme je l'étais par X et par l'éventualité d'un crime pouvant survenir d'un moment à l'autre, j'avais relégué mes préoccupations personnelles à l'arrière-plan.

Maintenant que le coup était parti, qu'un crime avait été tenté et avait heureusement échoué, je me sentais plus libre d'y réfléchir. Et plus j'y pensais, plus j'étais angoissé.

J'appris un jour, au hasard d'une conversation, qu'Allerton était marié. Boyd Carrington, qui savait tout sur tous, m'éclaira davantage. La femme d'Allerton était une catholique fervente. Elle l'avait quitté peu de temps après leur mariage mais, étant donné ses sentiments religieux, il ne pouvait être question pour elle de divorce.

— Et si vous voulez mon avis, me dit Boyd Carrington sans détour, ça lui convient parfaitement, à ce misérable. Ses intentions ne sont jamais honorables et une épouse dans le fond du décor ne nuit pas à la scène.

Voilà qui, pour un père, fait plaisir à entendre !

Les jours qui suivirent s'écoulèrent sans incident particulier, pourtant, mon anxiété ne faisait que croître.

Le colonel Luttrell passait la plupart de son temps dans la chambre de sa femme. Une infirmière était venue s'occuper de la malade, si bien que Mlle Craven avait retrouvé son rôle auprès de Mme Franklin.

Sans vouloir me montrer désagréable j'avais remarqué, je dois le reconnaître, que cette dernière était relativement irritée de se faire voler la vedette par Mme Luttrell. Habituée à ce que l'état de sa propre santé soit le principal sujet de la maisonnée, Mme Franklin trouvait visiblement fort

133

déplaisante l'attention que l'on portait maintenant à notre hôtesse.

Allongée dans un hamac, la main sur le cœur, elle se plaignait de palpitations, la nourriture qu'on lui servait ne lui convenait pas, mais elle masquait toutes ses exigences sous un vernis de patiente résignation.

— Je déteste faire des histoires, murmura-t-elle plaintivement à Poirot. J'ai tellement honte de ma santé déplorable ! C'est tellement… tellement humiliant d'avoir à réclamer qu'on se décarcasse pour vous. Quelquefois, je pense vraiment que la maladie est un crime. Si l'on n'est pas en bonne santé et que de surcroît on n'est pas insensible, on n'est pas fait pour ce monde et on devrait en être écarté en douceur.

— Ah ! non, madame, répliqua Poirot qui, galant comme à son habitude, ajouta : la délicate fleur exotique a besoin de l'abri d'une serre, elle ne supporte pas les vents d'hiver. C'est la mauvaise herbe qui se développe dans les courants froids, mais elle n'en a pas plus de valeur pour autant. Regardez-moi, perclus, tordu, invalide, et pourtant… je ne songe pas à quitter la vie. Je me réjouis encore de ce qui est à ma portée : boire, manger, penser…

Mme Franklin soupira et murmura :

— Ah ! C'est différent pour vous. Vous êtes seul concerné. Dans mon cas, il y a le pauvre John. Je suis terriblement consciente d'être un fardeau pour lui. Un boulet à son pied.

— Il ne s'est jamais exprimé ainsi, j'en suis certain.

— Oh ! il ne l'a pas dit. Bien sûr que non. Mais les hommes sont si transparents, les pauvres chéris ! Et John ne sait pas cacher ses sentiments. Il ne veut pas se montrer désagréable, évidemment, mais il est… ma foi, heureusement pour lui, c'est un homme très insensible. Comme il ne ressent rien, il s'attend à ce qu'il en aille de même pour les autres. C'est une vraie chance de naître avec la peau dure.

— Je ne dirais pas du Dr Franklin qu'il a la peau dure.

— Non ? Oh ! mais vous ne le connaissez pas aussi bien que moi. Évidemment, je sais bien que, sans moi, il serait beaucoup plus libre. Vous savez, je suis parfois si déprimée que je pense au soulagement que ce serait d'en finir une fois pour toutes.

— Oh ! allons, madame !

— Après tout, je ne suis utile à personne. Sortir de là pour entrer dans le grand inconnu…, dit-elle en secouant la tête. Et alors John serait libre…

— Oh, là, là ! s'écria Mlle Craven quand je lui rapportai cette conversation. Elle ne fera jamais rien de tel, ne vous faites pas de souci, capitaine Hastings. Ces gens qui parlent « d'en finir une fois pour toutes » d'une voix pitoyable n'ont pas la moindre intention de faire quoi que ce soit dans ce sens.

135

Et je dois dire, une fois retombée l'agitation soulevée par la blessure de Mme Luttrell et le retour de Mlle Craven à son chevet, que le moral de Mme Franklin se trouva grandement amélioré.

Par une matinée particulièrement belle, Curtiss avait emmené Poirot sous le hêtre, près du laboratoire. C'était son coin favori. À l'abri des vents d'est, il convenait parfaitement à Poirot, lequel détestait les courants d'air et se méfiait de la brise. En réalité, je suis sûr qu'il aurait préféré rester à l'intérieur mais, bien emmitouflé dans ses couvertures, il s'était habitué à tolérer ces sorties.

J'allai à grands pas le rejoindre. Au moment où j'arrivais, Mme Franklin sortait du laboratoire.

Elle était très élégamment vêtue et paraissait remarquablement gaie. Elle expliqua qu'elle partait en voiture avec Boyd Carrington pour visiter sa maison et le conseiller dans le choix de ses cretonnes.

— J'avais oublié mon sac dans le laboratoire après être passée voir John, hier, nous dit-elle. Pauvre John ! Judith et lui sont partis pour Tadcaster ; ils étaient à court d'un réactif chimique, ou de je ne sais quoi de ce genre.

Elle se laissa tomber sur un siège, à côté de Poirot, et secoua la tête avec une expression comique :

— Le pauvre chéri ! Je suis si heureuse de ne pas avoir l'esprit scientifique ! Par une merveilleuse journée comme ça, tout cela semble si puéril !

— Heureusement que les scientifiques ne vous entendent pas, madame !

— Oui, évidemment, répondit-elle, avec un soudain sérieux. Il ne faut pas penser, monsieur Poirot, que je n'admire pas mon mari. Je l'admire beaucoup. La façon qu'il a de vivre pour son travail est vraiment... formidable.

Sa voix s'était chargée d'un léger vibrato.

L'idée me traversa l'esprit que Mme Franklin aimait assez jouer différents rôles. À l'instant, elle était l'incarnation de l'épouse loyale, dévouée à son héros.

Elle se pencha vers Poirot et, posant la main sur son genou, déclara gravement :

— John est réellement un... une sorte de saint. Cela m'effraie, parfois.

Qualifier Franklin de saint, c'est un peu exagéré, mais Barbara Franklin continuait, les yeux brillants :

— Il ferait n'importe quoi, prendrait n'importe quels risques, rien que pour contribuer à la science. C'est beau, vous ne trouvez pas ?

— Assurément, assurément, répondit vivement Poirot.

— Mais vous savez, poursuivit Mme Franklin, je suis parfois inquiète pour lui. Parce qu'il n'y a pas de limite, vous comprenez ? Cet horrible haricot sur lequel il fait des expériences en ce moment ! Je tremble qu'il se mette à l'expérimenter sur lui-même !

— Il prendrait certainement toutes les précautions nécessaires, remarquai-je.

Elle secoua la tête avec un petit sourire triste :

— Vous ne connaissez pas John. Avez-vous jamais entendu parler de ce qu'il a fait avec ce nouveau gaz ?

Je fis un geste de dénégation.

— C'était un nouveau gaz qu'ils voulaient étudier. John s'est proposé comme volontaire pour le tester. On l'a enfermé dans un caisson pendant 36 heures environ, en surveillant son pouls, sa température et sa respiration, pour observer les répercussions sur son organisme et pour voir si ses effets étaient les mêmes sur l'homme que sur l'animal. Un risque épouvantable, comme me l'a confier ensuite un professeur. Il aurait pu y passer... Mais voilà le genre d'homme qu'il est, absolument indifférent à sa propre sécurité. C'est merveilleux d'être comme ça, non ? Moi, je n'en aurais jamais le courage.

— Il faut effectivement un sang-froid extraordinaire pour se livrer à ce genre d'expérience, reconnut Poirot.

— Oui, vraiment, approuva Mme Franklin. Je suis extrêmement fière de lui, vous savez, mais cela m'angoisse aussi. Parce que, comprenez-vous, au bout d'un certain temps, les cochons d'Inde et les grenouilles ne vous suffisent plus. Vous voulez étudier les réactions humaines. Voilà pourquoi j'ai tellement peur que John finisse par ingurgiter cette saleté de haricot et que quelque chose d'horrible se produise. Mais il ne fait que rire de mes frayeurs, ajouta-t-elle en soupirant. C'est vraiment un saint, vous savez.

Boyd Carrington arriva sur ces entrefaites :
— Bonjour, Babs, tu es prête ?
— Oui, Bill, je t'attendais.
— J'espère que cela ne te fatiguera pas trop.
— Bien sûr que non. Il y a des années que je ne me suis pas sentie aussi bien.

Elle se leva, nous adressa un charmant sourire et s'éloigna, escortée de son compagnon.

— Le Dr Franklin, un saint moderne... hum ! dit Poirot.

— Un changement radical d'attitude, remarquai-je. Mais je pense que c'est le genre de la dame.

— C'est-à-dire ?

— De s'incarner dans différents rôles. Un jour, épouse incomprise et négligée, le lendemain femme souffrante, décidée à se sacrifier pour ne plus être un fardeau pour l'homme qu'elle aime, aujourd'hui, adoratrice de son héros. L'ennui, c'est que, dans tous ces personnages sans exception, elle se montre un peu excessive.

— Vous pensez que Mme Franklin est sotte ? me demanda Poirot, songeur.

— Oh ! je ne dirais pas ça... mais, peut-être pas très brillante.

— Bah ! Elle n'est tout bonnement pas votre type.

— Quel est mon type ? répliquai-je vivement.

Poirot répondit de façon tout à fait inattendue :

— Ouvrez la bouche, fermez les yeux, et voyez ce que les fées vous envoient...

139

L'arrivée de Mlle Craven qui traversait rapidement la pelouse de son pas léger m'empêcha de riposter. Elle nous sourit, entra dans le laboratoire et reparut avec une paire de gants.

— D'abord un mouchoir et maintenant ses gants, il faut toujours qu'elle laisse quelque chose derrière elle, remarqua-t-elle tout en se pressant vers Barbara Franklin et Boyd Carrington qui l'attendaient.

Je songeai que Mme Franklin faisait partie de ces femmes qui oublient toujours quelque chose, sèment partout leurs affaires et attendent comme un dû qu'on les leur rapporte. Et elles en éprouvent même un certain contentement. Je l'avais plus d'une fois entendue murmurer avec complaisance : « Évidemment, j'ai la tête comme une passoire ! »

Je suivais des yeux Mlle Craven. Vigoureuse et bien faite, elle courait avec une remarquable élégance. Sans réfléchir, je remarquai :

— J'aurais cru qu'une jeune fille se lasserait vite de ce genre de vie. Je veux dire... quand il n'y a pas vraiment de soins à donner, quand il s'agit seulement de satisfaire des caprices... D'autant que Mme Franklin ne doit pas être particulièrement pleine de bonté et d'attentions.

La réponse de Poirot fut particulièrement agaçante. Pour Dieu sait quelle raison, il ferma les yeux et murmura :

— Des cheveux auburn.

Incontestablement, Mlle Craven avait des cheveux auburn, mais je ne voyais pas pourquoi

Poirot choisissait justement ce moment pour en parler.

Je ne relevai pas.

11

Ce fut le lendemain matin, je crois, avant le déjeuner, qu'eut lieu une conversation qui ne manqua pas de me troubler.

Nous étions quatre : Judith, Boyd Carrington, Norton et moi.

Je ne me rappelle pas au juste comment le sujet entra dans la conversation, mais nous débattions de l'euthanasie.

Comme de bien entendu, c'était Boyd Carrington qui s'exprimait le plus, Norton y allant d'un mot de temps à autre tandis que Judith demeurait silencieuse mais très attentive.

Personnellement, bien que tous les arguments militassent en faveur de cette pratique, j'avais avoué que j'y répugnais. En outre, avais-je soutenu, cela aurait été laisser trop de pouvoir aux mains de la famille.

Norton tomba d'accord avec moi. Il ajouta que cela ne devrait pouvoir se faire qu'avec le désir et le consentement du malade lui-même, lorsque la mort, après de longues souffrances, était certaine.

— Ah ! mais la question est de savoir si la personne concernée souhaite sincèrement « mettre fin à ses souffrances », comme on dit ? remarqua Boyd Carrington.

Il nous raconta ensuite l'histoire, authentique d'après lui, d'un homme qui souffrait horriblement d'un cancer inopérable. Cet homme avait supplié son médecin traitant de lui « donner quelque chose pour en finir ». Le médecin lui avait répondu : « Je ne peux pas faire ça, mon vieux. » Plus tard, en s'en allant, il avait déposé près de son patient quelques comprimés de morphine, en prenant soin de lui préciser combien il pouvait en prendre sans risque et quelle dose serait dangereuse. Bien qu'ils fussent à sa portée et qu'il aurait aisément pu en prendre une quantité fatale, il n'en fit rien.

— Ce qui prouve, ajouta Boyd Carrington, que, en dépit de ses dires, l'homme préférait encore ses souffrances à une prompte et miséricordieuse délivrance.

C'est alors que Judith intervint pour la première fois, brusquement et avec vigueur :

— Évidemment, dit-elle. Il ne fallait pas le laisser en décider.

Boyd Carrington lui demanda ce qu'elle entendait par là.

— Je veux dire que quelqu'un qui est en état de faiblesse – malade et souffrant – n'a pas la force de prendre une décision. Il ne peut pas. Il faut le faire pour lui. C'est le devoir de ceux qui l'aiment de prendre cette décision.

— Le devoir ? demandai-je, tout à trac.

Judith se tourna vers moi :

— Oui, le devoir. De celui qui a l'esprit clair et qui est disposé à en prendre la responsabilité.

Boyd Carrington secoua la tête :

— Et à finir inculpé de meurtre dans le box des accusés ?

— Pas nécessairement. De toute façon, si vous aimez quelqu'un, vous en prendrez le risque.

— Mais voyons, Judith, intervint Norton, ce que vous proposez là est tout simplement une terrifiante responsabilité à assumer.

— Je ne trouve pas. Les gens ont trop peur des responsabilités. Ils les prennent lorsqu'il s'agit d'un chien, alors pourquoi pas pour un être humain ?

— Ma foi... c'est différent, non ?

— Oui, c'est plus important, répondit Judith.

— Vous me coupez le souffle, murmura Norton.

— Alors, vous, vous le prendriez, ce risque ? demanda Boyd Carrington avec curiosité.

— Je pense que oui. Les risques ne me font pas peur.

Boyd Carrington secoua la tête :

— Cela ne marcherait pas, vous savez. Vous ne pouvez pas laisser les gens se substituer à la loi et décider des questions de vie et de mort.

— En vérité, intervint Norton, la plupart des gens n'auraient pas le courage de prendre cette responsabilité. Mise au pied du mur, je ne crois

143

pas que vous l'auriez, ajouta-t-il avec un petit sourire à l'adresse de Judith.

— On ne peut jamais en être sûr, évidemment. Mais je pense que j'en serais capable, répondit calmement Judith.

— J'en doute, à moins que vous n'y ayez un intérêt personnel, répliqua Norton avec un petit clin d'œil.

Judith rougit et riposta vivement :

— Cela montre bien que vous n'y comprenez rien. Si j'avais un motif personnel, je serais paralysée. Vous ne voyez donc pas ? demanda-t-elle, s'adressant à nous tous. Il faut que ce soit absolument impersonnel. Vous ne pouvez prendre la responsabilité d'abréger une vie que si vous êtes clair avec vos intentions. Elles doivent être absolument désintéressées.

— De toute façon, vous ne le feriez pas, repartit Norton.

— Je le ferais, répéta Judith. Pour commencer, je ne tiens pas la vie, contrairement à vous tous, pour tellement sacrée. Les gens inaptes, les inutiles... devraient être écartés du chemin. Il règne partout une telle pagaille ! Seuls ceux qui apportent une contribution raisonnable à la communauté devraient être autorisés à vivre. Les autres devraient être écartés sans douleur.

Elle s'adressa soudain à Boyd Carrington :

— Vous êtes d'accord avec moi, non ?

— En théorie, oui, répondit-il, réfléchissant. Seuls ceux qui le méritent devraient survivre.

— Ne vous substitueriez-vous pas à la loi si c'était nécessaire ?

— Peut-être... Je ne sais pas...

— Nombreux sont ceux qui en tomberaient d'accord avec vous sur le principe. Mais en pratique, le problème est bien différent, fit remarquer tranquillement Norton.

— Ce n'est pas logique.

— Bien sûr que ce n'est pas logique, riposta-t-il avec impatience. C'est une question de courage, en réalité. Il faut avoir du cran, pour dire les choses vulgairement.

Judith resta silencieuse.

— À franchement parler, Judith, poursuivit Norton, vous seriez comme tout le monde. Mise au pied du mur, vous n'en auriez pas le courage.

— Vous croyez ça ?

— J'en suis sûr.

— Je pense que vous vous trompez, Norton, déclara Boyd Carrington. Judith a beaucoup de courage. Fort heureusement, le cas ne s'est pas présenté.

Le gong retentit dans la maison. Judith se leva et déclara posément à Norton :

— Vous vous trompez, vous savez. J'ai plus... plus de cran que vous le pensez.

Elle se dirigea rapidement vers la maison. Boyd Carrington la suivit en l'interpellant :

— Hé ! Judith ! Attendez-moi !

Je leur emboîtai le pas, en proie à un sentiment inexpliqué de désarroi. Norton, toujours prompt à saisir l'humeur des gens, se mit en devoir de me consoler.

— Elle n'en pense pas un mot, vous savez, me dit-il. C'est le genre d'idée mal digérée que l'on a quand on est jeune mais que, fort heureusement, on n'applique jamais. Ce ne sont que paroles en l'air.

Je crois que Judith l'entendit parce qu'elle tourna la tête et nous lança un regard furibond. Norton baissa la voix :

— Les théories sont inoffensives, déclara-t-il. Mais dites-moi, Hastings...

— Oui ?

L'air très embarrassé, il reprit :

— Je ne voudrais pas avoir l'air de m'immiscer dans vos affaires mais que savez-vous d'Allerton ?

— D'Allerton ?

— Oui. Désolé de me mêler de ce qui ne me regarde pas, mais franchement, à votre place, je ne laisserais pas ma fille passer trop de temps avec lui. Il est... enfin, il n'a pas très bonne réputation.

— Je sais bien que c'est une ordure, répondis-je avec amertume. Mais intervenir n'est pas facile, de nos jours.

— Oh ! je sais. Les filles n'ont soi-disant besoin de personne pour veiller sur elles. C'est vrai pour la plupart, d'ailleurs. Mais... enfin... Allerton a une technique toute spéciale dans ce domaine... Écoutez, poursuivit-il après un instant d'hésitation, j'estime qu'il faut que je vous le dise. Gardez-le pour vous, bien entendu… mais j'ai appris quelque chose d'assez répugnant à son sujet.

Il me raconta alors une histoire que j'ai pu vérifier par la suite dans tous ses détails. Une histoire révoltante. Celle d'une jeune fille sûre d'elle-même, moderne, indépendante. Allerton avait fait appel à tout son savoir pour la séduire. Plus tard, s'était révélé l'envers du tableau… L'histoire se terminait par le suicide, par overdose de Véronal, d'une jeune fille désespérée.

Et le plus terrible était que la jeune fille en question ressemblait beaucoup à Judith, intellectuelle et indépendante. Le genre de fille qui, lorsqu'elle donne son cœur, le fait avec une outrance et un abandon dont les écervelées seront toujours incapables.

Je rentrai déjeuner, en proie à un horrible pressentiment.

12

— Vous êtes inquiet, mon cher ami ? me demanda Poirot cet après-midi-là.

Je ne lui répondis pas et secouai simplement la tête. Je ne me sentais pas le droit de lui faire endosser ce fardeau tout personnel, d'autant plus qu'il ne pouvait m'aider en rien. Judith aurait traité toute remontrance de sa part avec le souriant détachement des jeunes envers les affligeants conseils de leurs aînés.

Judith, ma Judith…

Il me serait difficile de décrire mon état d'esprit ce jour-là. En y repensant maintenant, je serais enclin d'en mettre une partie au compte de l'atmosphère même de Styles. D'affreuses idées vous y venaient facilement. Et il y avait non seulement le passé, mais un sinistre présent…

L'ombre d'un meurtre et d'un meurtrier hantait la maison. Et j'étais fermement persuadé que le meurtrier était Allerton, auquel Judith semblait avoir donné son cœur ! C'était incroyable, monstrueux, et je ne savais pas quoi faire.

Après le déjeuner, Boyd Carrington me prit à part. Il balbutia un peu avant d'en venir au fait. Puis, il me dit, d'une voix saccadée :

— Ne pensez pas que je cherche à interférer, mais je crois que vous devriez parler à votre fille. La mettre en garde, hein ? Vous connaissez ce type, Allerton… il a une mauvaise réputation, et… ma foi, ça m'a l'air sérieux.

Bien facile, ce discours, de la part d'hommes sans enfants !

La mettre en garde ? Cela aurait-il un effet ? Ne ferais-je au contraire qu'empirer les choses ?

Si seulement Cinders était là. Elle saurait quoi faire, quoi dire…

Je dois avouer que j'étais tenté de me préserver et de me taire. Mais après avoir réfléchi, je reconnus que c'était pure lâcheté de ma part. Je reculais devant l'idée déplaisante d'affronter Judith. Comme vous voyez, j'avais peur de ma grande et belle fille.

J'allais et venais dans le parc, dans un état d'agitation croissante. Mes pas finirent par me conduire dans la roseraie. C'est alors que ma décision fut prise, car Judith était assise, toute seule, et de ma vie je n'avais surpris pareille expression de douleur chez une femme.

Elle avait ôté son masque. L'indécision, le malheur profond ne s'y lisait que trop.

Je pris mon courage à deux mains. J'avançai. Elle ne me remarqua que lorsque je fus près d'elle.

— Judith, dis-je, pour l'amour du ciel, Judith, ne prends pas les choses si à cœur.

Elle sursauta :

— Père ? Je ne t'avais pas entendu venir.

Je poursuivis, sachant que tout serait perdu si elle s'arrangeait pour me faire reprendre une banale conversation quotidienne :

— Oh ! mon enfant chérie, ne pense pas que je ne sais rien, que je ne vois rien. Il ne le mérite pas... oh ! crois-moi, il ne le mérite pas !

Son visage troublé, inquiet, était tourné vers moi. Elle me répondit tranquillement :

— Tu crois vraiment savoir de quoi tu parles ?

— Je le sais. Tu aimes cet homme. Mais, ma chérie, ce n'est pas bien.

Elle eut un triste sourire. Un sourire à vous fendre l'âme :

149

— Je le sais peut-être aussi bien que toi.

— Non. Ce n'est pas possible. Oh ! Judith, qu'est-ce qui peut sortir de tout ça ? C'est un homme marié. Il n'y a pas d'avenir pour toi, ici, rien que de la douleur et de la honte, et pour finir un amer mépris de soi-même.

Son sourire s'élargit, encore plus triste :

— Comme tu parles bien, n'est-ce pas ?

— Renonces-y, Judith, renonces-y.

— Non !

— C'est un homme de peu de valeur, ma chérie !

Très calmement, très lentement, elle me répondit :

— Pour moi, il a plus de valeur que tout au monde !

— Non, non, Judith, je t'en supplie...

Son sourire s'évanouit. Elle s'attaqua à moi comme une furie vengeresse :

— Comme oses-tu ? Comment oses-tu t'en mêler ? C'est insupportable. Je t'interdis à jamais de m'en reparler. Je te déteste, je te déteste ! Cela ne te regarde pas. C'est ma vie, ma vie intérieure, ma vie secrète !

Elle se leva. D'une main ferme, elle me repoussa et s'en alla. Une furie vengeresse. Je la suivis des yeux, consterné.

Un quart d'heure plus tard, je n'avais toujours pas bougé, abasourdi et impuissant, incapable de faire un geste.

C'est là qu'Elizabeth Cole et Norton me trouvèrent.

Je me rendis compte par la suite qu'ils avaient été extrêmement gentils avec moi. Ils avaient certainement vu que j'étais dans un état de grande détresse mais, pleins de tact, ils n'y firent aucune allusion. Au lieu de quoi ils m'emmenèrent avec eux en promenade. Tous les deux étaient des amoureux de la nature. Elizabeth me montrait les fleurs sauvages, Norton, les oiseaux avec ses jumelles.

Leur conversation aimable, apaisante, tournait exclusivement autour de bêtes à plumes et de fleurs des bois. Je recouvrai peu à peu mes esprits, bien que toujours extrêmement perturbé.

De plus, comme tout un chacun, j'étais convaincu que tout ce qui pouvait se produire autour de moi se devait d'avoir un rapport avec mes propres problèmes. C'est pourquoi, quand Norton, ses jumelles sur le nez, s'exclama : « Holà ! Si ce n'est pas un pic épeiche... Je n'ai jamais... », avant de s'interrompre brusquement, je lui réclamai les jumelles, aussitôt en alerte.

— Laissez-moi voir, dis-je d'un ton péremptoire.

Norton manipulait nerveusement ses jumelles. D'une voix bizarre, hésitante, il me répondit :

— Je... Je me suis trompé. Il s'est envolé... d'ailleurs, en fait, c'était un oiseau banal.

Blême et agité, il évitait nos regards. Il paraissait à la fois déconcerté et bouleversé.

Aujourd'hui encore, je ne pense pas qu'il fut vraiment déraisonnable de ma part d'en conclure qu'il avait aperçu, dans ses jumelles, quelque chose qu'il était décidé à m'empêcher de voir.

Quoi que ce soit, son trouble ne nous échappa pas.

Ses jumelles avaient été braquées au loin, sur une ceinture d'arbres. Qu'avait-il aperçu là-bas ?

— Laissez-moi voir, répétai-je d'un ton autoritaire.

J'essayai d'attraper ses jumelles. Je me rappelle qu'il tenta de m'en empêcher, mais maladroitement, et je m'en emparai de force.

— Ce n'était pas vraiment…, balbutia Norton. Je veux dire, l'oiseau s'est envolé. J'espère que…

J'ajustai les jumelles à ma vue d'une main un peu tremblante. Elles étaient puissantes. Je les pointai dans la direction de l'endroit que Norton avait scruté.

Je ne vis rien… rien qu'un éclat blanc (une robe blanche ?) qui disparaissait entre les arbres.

Sans un mot, je rendis ses jumelles à Norton. Il évita mon regard. Il avait l'air inquiet et perplexe.

Nous rentrâmes ensemble à la maison et je me rappelle que Norton resta silencieux tout le long du chemin.

Boyd Carrington nous rejoignit peu après, accompagnés de Mme Franklin. Il l'avait emmenée à Tadcaster où elle désirait faire quelques courses.

Elle s'y était visiblement employée consciencieusement. On sortit de nombreux paquets de la voiture et elle paraissait très animée, parlant et riant, les joues roses.

Elle fit monter Boyd Carrington avec une de ses acquisitions particulièrement fragiles et j'acceptai galamment la mission suivante.

Elle parlait plus vite et plus nerveusement que d'habitude.

— Il fait horriblement chaud, non ? À mon avis, il va y avoir un orage. Le temps va se gâter bientôt. Vous savez, il paraît que nous allons manquer d'eau. C'est la plus grande sécheresse depuis des années.

Et elle continua, s'adressant à Elizabeth Cole :

— Qu'avez-vous fait, tous autant que vous êtes ? Où est John ? Il voulait marcher un peu pour faire passer son mal de tête. Je crois qu'il se fait du souci pour ses expériences. Elles ne donnent pas les résultats qu'il escomptait, ou quelque chose comme ça. Si seulement il voulait bien parler un peu plus de tout ça !

Elle s'arrêta, puis interpella Norton :

— Vous êtes bien silencieux, monsieur Norton. Que se passe-t-il ? Vous avez l'air… vous avez l'air effrayé. Vous n'auriez pas aperçu le fantôme d'une vieille douairière quelconque rôdant dans les parages ?

Norton sursauta :

— Non, non, je n'ai pas vu de fantôme. Je… je pensais seulement à… je ne sais même plus à quoi je pensais.

Curtiss arriva là-dessus, poussant Poirot dans son fauteuil roulant. Il s'arrêta dans le hall, se préparant à soulever son maître pour le porter dans l'escalier.

L'œil soudain perçant, Poirot nous regarda tour à tour et demanda vivement :

— Que se passe-t-il ? Il est arrivé quelque chose ?

Personne ne répondit d'abord, puis Barbara Franklin déclara, avec un petit rire forcé :

— Non, bien sûr que non. Qu'est-ce qui aurait bien pu arriver ? C'est juste... sans doute l'orage qui menace ? Je... oh ! mon Dieu... je suis terriblement fatiguée. Voulez-vous monter ça, capitaine Hastings ? Merci infiniment.

Je la suivis dans l'escalier puis dans l'aile est, jusqu'à sa chambre qui se trouvait tout au bout.

Mme Franklin ouvrit la porte. J'étais derrière elle, les bras chargés de paquets.

Elle s'arrêta brusquement sur le seuil. Boyd Carrington se trouvait près de la fenêtre, en train de se faire lire les lignes de la main par Mlle Craven. Il leva la tête avec un petit rire gêné :

— Bonjour ! Je me fais dire la bonne aventure. Mlle Craven lit dans la main de façon remarquable.

— Vraiment ? Je l'ignorais, répliqua Barbara Franklin d'un ton sec, et il me vint à l'idée qu'elle était mécontente de Mlle Craven. Prenez ces paquets, voulez-vous ? Et vous pouvez me préparer un lait de poule. Je suis très fatiguée. Et une bouillotte aussi, je vous prie. Je voudrais me coucher le plus tôt possible.

— Bien sûr, madame Franklin.

Mlle Craven s'avança sans que son attitude exprimât autre chose que des préoccupations toutes professionnelles.

— Je t'en prie, va-t'en, Bill, dit Mme Franklin. Je suis épuisée.

Boyd Carrington exprima son inquiétude :

— Oh ! mon Dieu, Babs, cela a été trop pour toi, peut-être ? Je suis vraiment désolé. Quel imbécile sans cervelle je suis ! Je n'aurais pas dû te laisser te surmener.

Mme Franklin lui adressa son sourire angélique de martyre :

— Je ne voulais rien dire... J'ai horreur de me montrer embêtante.

Un peu décontenancés, nous sortîmes de la chambre, laissant les deux femmes ensemble.

— Quel sacré imbécile je suis ! s'exclama Boyd Carrington, tout penaud. Barbara avait l'air si gaie, si en forme ! J'ai tout oublié de sa fatigue. J'espère qu'elle n'est pas complètement à plat.

— Oh ! tout ira bien après une bonne nuit de repos, répondis-je distraitement.

Il descendit. J'hésitai d'abord à le suivre, mais je continuai mon chemin vers l'autre aile où se trouvaient ma propre chambre et celle de Poirot. Le petit homme devait m'attendre. Pour la première fois, j'y allais à contrecœur. Tant de choses m'occupaient l'esprit, sans compter ce sentiment pénible qui me serrait l'estomac.

Je parcourais lentement le couloir lorsque j'entendis des voix provenant de la chambre

155

d'Allerton. Je ne pense pas avoir eu consciemment l'intention d'écouter, mais je m'arrêtai machinalement devant sa porte. Alors, soudain, la porte s'ouvrit et ma fille Judith en sortit.

Elle se figea en me voyant. Je l'attrapai par le bras et l'attirai jusque dans ma chambre. J'étais brusquement fou furieux :

— Qu'est-ce que c'est que ces façons d'entrer dans la chambre de ce garçon ?

Elle me regarda sans détourner les yeux, dénués de colère mais d'une froideur totale. Elle restait silencieuse. Je la secouai par le bras :

— Je ne le tolérerai pas, je te préviens. Tu ne sais pas ce que tu fais.

À voix basse et cinglante, elle répliqua alors :

— Je pense que tu as l'esprit vraiment mal tourné.

— Naturellement ! C'est ce dont votre génération accuse volontiers la nôtre. Mais nous, au moins, nous avons certains principes. Comprends-moi bien, Judith, je t'interdis absolument d'avoir encore le moindre rapport avec cet homme.

Elle me regarda droit dans les yeux, puis elle me dit :

— Je vois. Alors voilà où nous en sommes.

— Nies-tu que tu es amoureuse de lui ?

— Non.

— Mais tu ne sais pas qui il est. Tu ne peux pas le savoir.

Posément, sans mâcher mes mots, je lui répétai l'histoire qu'on m'avait racontée à propos d'Allerton.

— Tu vois, dis-je quand j'eus fini. Voilà l'odieux goujat qu'il est.

Les lèvres retroussées en une moue méprisante, elle paraissait exaspérée :

— Je ne l'ai jamais pris pour un saint, je peux te l'assurer.

— Cela ne change rien pour toi ? Judith, tu ne peux pas être aussi dépravée !

— Appelle ça comme ça, si ça peut te faire plaisir.

— Judith tu n'as pas… tu n'es pas…

Je n'arrivais pas à me résoudre à mettre en mots ce que je pensais. Elle libéra son bras que je tenais encore :

— Maintenant, écoute-moi bien, père. Je fais ce que je veux. Tu ne peux pas me forcer. Et inutile de pester. Je ferai exactement ce qui me plaît de ma vie, et tu ne pourras pas m'en empêcher.

Une seconde après, elle avait disparu.

Mes genoux tremblaient. Je me laissai tomber dans un fauteuil. C'était pire, bien pire que ce que j'avais redouté. Mon enfant était profondément éprise. Je n'avais personne à qui m'adresser. Sa mère, la seule qu'elle aurait pu écouter, était morte. Tout reposait sur moi.

Je ne pense pas avoir jamais souffert ce que j'ai souffert alors…

Je finis par me reprendre. Je me lavai, me rasai, me changeai et descendis dîner. Je me conduisis comme d'habitude. Personne n'eut l'air de remarquer chez moi quoi que ce soit d'anormal.

157

Judith me lança quelques coups d'œil curieux. J'imagine qu'elle devait être surprise que je sois capable de ne rien changer à mon attitude.

Cependant, au fond de moi, j'étais de plus en plus décidé.

Il ne me fallait que du courage… du courage et de la cervelle.

Après le dîner, nous sortîmes. Nous regardâmes le ciel, fîmes des commentaires sur le temps qui était lourd, prophétisâmes la pluie, le tonnerre, un orage…

Du coin de l'œil, je vis Judith disparaître à l'angle de la maison. Allerton prit ensuite la même direction.

Je mis fin à une conversation avec Boyd Carrington et leur emboîtai le pas.

Norton tenta, il me semble, de m'arrêter. Il m'attrapa le bras. Il me suggéra, je crois, d'aller faire un tour dans la roseraie. Je n'y pris pas garde.

Il était encore avec moi lorsque je tournai le coin de la maison.

Je vis Judith le visage levé, je vis Allerton penché sur elle, je le vis la prendre dans ses bras et je vis le baiser qui suivit.

Ils se séparèrent vivement. Je fis un pas en avant. De force, Norton me fit reculer derrière la maison.

— Écoutez, vous ne pouvez pas…

Je l'interrompis violemment :

— Je peux. Et je le ferai.

— Cela ne servirait à rien, mon vieux. C'est désolant, mais vous ne pouvez rien faire.

Je ne répondis pas. Libre à lui de le penser, mais je n'en croyais rien.

Norton poursuivit :

— Je connais ce sentiment d'impuissance et d'exaspération qu'on peut avoir, mais tout ce qu'on peut faire, c'est reconnaître sa défaite. Acceptez-la, mon vieux !

Je ne le contredis pas. J'attendis qu'il ait fini de parler. Puis, déterminé, je tournai de nouveau le coin de la maison.

Ils avaient maintenant disparu, mais j'avais une idée de l'endroit où ils pouvaient être. Non loin de là, dans un bosquet de lilas, se trouvait un pavillon d'été.

Je pris cette direction. Je crois que Norton était encore avec moi mais je n'en suis pas sûr.

En m'approchant, j'entendis des voix et m'arrêtai. Je reconnus celle d'Allerton :

— Bon, alors, ma chère enfant, c'est entendu. Pas d'objections. Vous irez en ville demain. Je dirai que je dois aller passer un jour ou deux à Ipswich, avec un camarade. Vous télégraphierez de Londres que vous ne pouvez pas rentrer. Et qui aura vent de ce charmant petit dîner dans mon appartement ? Vous ne le regretterez pas, je vous le promets.

Je sentis que Norton me tirait par la manche et soudain, docilement, je me retournai. Je faillis éclater de rire devant son expression angoissée. Je le laissai me traîner jusqu'à la maison, où je fis semblant de céder, parce que, à ce moment-là, je savais déjà exactement ce que j'allais faire...

Je lui dis clairement et distinctement :

— Ne vous inquiétez pas, mon vieux. J'ai compris que tout cela ne sert à rien. On ne peut pas diriger la vie de ses enfants. J'abandonne.

Il en fut ridiculement soulagé.

Peu après, j'annonçai que j'allais me coucher de bonne heure, que j'avais un peu mal à la tête.

Il ne soupçonna pas un instant ce que j'avais l'intention de faire.

Je m'arrêtai un moment dans le couloir. Tout était tranquille. Personne aux alentours. Les lits avaient tous été préparés pour la nuit. Norton, dont la chambre était de ce côté, était resté en bas. Elizabeth Cole jouait au bridge. Curtiss devait être en train de souper. J'étais le maître des lieux.

Je me flattais de n'avoir pas travaillé en vain, pendant des années, avec Poirot. Je savais exactement quelles précautions prendre.

Allerton n'allait pas retrouver Judith à Londres demain.

Allerton n'irait nulle part demain...

Toute l'affaire, en réalité, était d'une simplicité enfantine...

J'allai chercher mon flacon de comprimés d'aspirine dans ma chambre. Puis j'entrai chez Allerton, et dans sa salle de bains. Ses comprimés de somnifère étaient dans l'armoire. Huit devaient faire l'affaire. Un ou deux étant la dose normale, huit devaient être amplement suffisants.

Allerton lui-même avait dit que la dose toxique n'était pas très élevée. L'étiquette indiquait : « Il est dangereux de dépasser la dose prescrite. »

Je souris.

Je m'entortillai la main dans un mouchoir de soie et ouvris le flacon avec précaution. Il ne fallait pas y laisser d'empreintes.

Je le vidai. Oui, ces comprimés avaient presque la même taille que les cachets d'aspirine. Je mis huit de ces derniers dans le flacon puis complétai avec les somnifères, et conservai huit de ces pilules. Allerton ne remarquerait aucune différence.

Je rentrai dans ma chambre. Comme dans presque toutes les chambres de Styles, il y avait une bouteille de whisky. Je sortis deux verres et de l'eau de Seltz. Je n'avais jamais vu Allerton refuser de boire. Quand il monterait, je l'inviterais à prendre un dernier verre.

J'essayai de dissoudre les comprimés dans un tout petit peu d'alcool. Ils fondirent assez facilement. Je goûtai la mixture avec précaution. Une touche d'amertume peut-être, mais à peine sensible. J'avais mon plan. Je serais juste en train de me verser à boire quand Allerton arriverait. Je lui tendrais mon verre et m'en servirais un autre. Tout cela paraîtrait parfaitement simple et naturel.

Il n'avait aucune idée de mes sentiments à son égard… à moins évidemment que Judith lui en ait fait part. J'y réfléchis un instant, puis je décidai que je n'avais rien à craindre. Judith ne disait jamais rien à personne.

Il ne se douterait certainement pas que j'étais au courant de leur plan.

Je n'avais rien d'autre à faire qu'à attendre. Ce serait long, une heure ou deux, probablement, avant qu'Allerton ne monte. C'était un couche-tard.

Je restai tranquillement à l'attendre.

Un coup frappé à la porte me fit sursauter. Ce n'était que Curtiss : Poirot me faisait appeler.

Je revins à moi, un peu secoué. Poirot ! De toute la soirée, je n'avais pas pensé une seule fois à lui ! Il devait se demander ce que j'étais devenu. Cela m'inquiéta un peu, d'abord parce que j'avais honte de l'avoir abandonné et, deuxièmement parce que je ne voulais pas qu'il se doute de quelque chose.

Je traversai le couloir à la suite de Curtiss.

— Eh bien ! s'exclama Poirot. Alors, on m'oublie ?

J'étouffai un bâillement avec un sourire d'excuse :

— Désolé, mon vieux, mais pour vous dire la vérité, j'avais un mal de tête si éprouvant que je pouvais à peine tenir les yeux ouverts. C'est l'orage, je suppose. J'avais le cerveau embrumé au point d'avoir complètement oublié que je n'étais pas venu vous dire bonsoir.

Comme je l'espérais, Poirot se montra aussitôt plein de sollicitude. Il m'offrit des médicaments, fit un tas d'histoires, m'accusa d'être resté dans les courants d'air (au jour le plus chaud de l'été !). Je refusai l'aspirine sous prétexte que j'en avais déjà pris, mais je n'échappai pas à une tasse d'infect chocolat sucré.

— C'est bon pour les nerfs, vous comprenez, m'expliqua Poirot.

Je le bus pour couper court à toute discussion puis, ses exclamations anxieuses et affectueuses résonnant encore à mes oreilles, je lui souhaitai bonne nuit et retournai dans ma chambre.

Je fermai la porte ostensiblement et, plus tard, l'entrebâillai avec précaution. Je ne pouvais pas manquer d'entendre Allerton quand il arriverait. Mais ce n'était pas encore pour tout de suite.

J'attendis, songeant à ma défunte femme. Je murmurai même une fois : « Tu vois, ma chérie, je vais la sauver. »

Elle avait laissé Judith à ma garde, je me montrerai à la hauteur.

Dans le calme et le silence, j'eus soudain l'impression que Cinders était tout près de moi.

J'avais l'impression qu'elle se trouvait dans la chambre.

Et, sombre et résolu, je continuai à attendre.

13

Transcrire à froid une déception a quelque chose d'accablant pour l'amour-propre.

Car je dois à la vérité de dire, voyez-vous, que, assis là à attendre Allerton, je m'endormis !

Cela n'avait rien d'étonnant, j'imagine. J'avais très mal dormi la nuit précédente. J'avais passé toute la journée au grand air.

J'étais rongé d'inquiétude et par la tension nerveuse causée par ce que j'avais décidé de faire. Et pour couronner le tout, il y avait ce temps lourd et orageux. Et peut-être même que le terrible effort de concentration que je faisais y ajoutait encore.

Quoi qu'il en soit, c'est ce qui arriva. Je m'endormis dans mon fauteuil et, quand je me réveillai, les oiseaux chantaient, le soleil était levé et moi j'étais là, en position inconfortable, recroquevillé dans mon fauteuil, en tenue de soirée, avec un goût affreux dans la bouche et une épouvantable migraine.

J'étais ahuri, incrédule, écœuré mais aussi, en fin de compte, immensément, extraordinairement soulagé.

Qui donc a écrit : « Le jour le plus sombre, vécu jusqu'au lendemain, n'aura plus d'existence » ? Quoi de plus juste ! Je voyais maintenant, clairement, de façon sensée, à quel point mon émotion et mon obstination mélodramatiques, m'avaient fait perdre tout sens de la mesure. En fait, je m'étais résolu à tuer un être humain...

Mes yeux tombèrent alors sur le verre de whisky qui se trouvait en face de moi. En frissonnant, je me levai, tirai les rideaux et le vidai par la fenêtre. Je devais être fou, la nuit dernière !

Je me rasai, pris un bain et m'habillai. Puis, me sentant mieux, je me rendis chez Poirot. Je savais qu'il se réveillait toujours de bonne heure. Je m'assis et lui avouai tout.

Je dois dire que j'en fus grandement apaisé.

— Ah ! mais quelle espèce de folie aviez-vous envisagée ! dit-il en hochant gentiment la tête. Je suis heureux que vous soyez venu me confesser vos péchés. Mais pourquoi, mon cher ami, ne m'avez-vous pas dit, hier soir, ce que vous aviez en tête ?

— Je devais sans doute avoir peur que vous tentiez de m'en dissuader, répondis-je, penaud.

— Bien sûr que je l'aurais tenté. Ah ! Ça, sans aucun doute. Vous croyez que j'ai envie de vous voir pendu par le cou à cause d'un très déplaisant gredin ?

— Je n'aurais pas été découvert, répliquai-je. J'avais pris toutes les précautions nécessaires.

— Ça, c'est ce que s'imaginent tous les assassins. Vous avez bien la mentalité qui convient ! Mais laissez-moi vous dire, mon ami, que vous n'avez pas été aussi malin que vous le pensez.

— J'ai pris toutes les précautions. J'ai effacé mes empreintes sur le flacon.

— Parfaitement. Et vous avez effacé celles d'Allerton par la même occasion. Et quand on l'aurait trouvé mort, que se serait-il passé ? On aurait fait une autopsie et établi qu'il avait succombé à une overdose de somnifères. Les avait-il avalés par hasard ou intentionnellement ? Tiens ! ses empreintes ne sont pas sur le flacon. Pourquoi ça ? Accident ou suicide, il n'avait aucune raison de les essuyer. Alors, en analysant les comprimés restants, on se serait aperçu que près de la moitié d'entre eux avaient été remplacés par de l'aspirine.

— Eh bien... pratiquement tout le monde a des comprimés d'aspirine, murmurai-je.

— Oui, mais tout le monde n'a pas une fille qu'Allerton poursuivait avec des intentions déshonnêtes, pour employer une formule théâtrale et démodée. Et vous vous étiez disputé avec votre fille à ce sujet la veille. Deux personnes, Boyd Carrington et Norton, pourraient attester de la violence de votre ressentiment à son égard. Non, Hastings, ça ne se serait pas très bien présenté. L'attention se serait immédiatement fixée sur vous et, d'ici là, vous auriez probablement été dans un tel état de terreur – ou même de remords – que le plus obtus des inspecteurs de police n'aurait pas eu de mal à se convaincre que vous étiez le coupable. Il n'est même pas impossible que quelqu'un vous ait vu trafiquer les comprimés.

— C'est impossible. Il n'y avait personne.

— Il y a un balcon, à la fenêtre. Quelqu'un aurait pu s'y trouver et vous épier. Ou, qui sait, regarder par le trou de la serrure.

— Vous êtes obsédé par les trous de serrures, Poirot ! Les gens ne passent pas leur temps aussi souvent que vous le pensez à regarder par les trous de serrures.

Poirot ferma à demi les yeux et me fit remarquer que j'avais toujours été d'un naturel trop confiant :

— Et laissez-moi vous dire qu'il se passe de drôles de choses avec les clés, dans cette maison. Moi, j'ai besoin de savoir que ma porte est fermée de l'intérieur, même si ce bon Curtiss est dans la pièce à côté. Peu de temps après mon arrivée ici, ma clé a disparu ! J'ai dû en faire refaire une autre.

— Quoi qu'il en soit, repris-je avec un profond soupir de soulagement, accablé que j'étais encore par mes propres problèmes, il ne s'est rien passé. C'est affreux de penser qu'on peut se mettre dans des états pareils. Poirot, ajoutai-je en baissant la voix, vous ne pensez pas que l'air, ici, serait en quelque sorte vicié, à cause du meurtre qui a été commis autrefois ?

— Un virus du meurtre, vous voulez dire ? Ma foi, voilà une intéressante suggestion.

— Les maisons ont une atmosphère, remarquai-je, songeur. Celle-ci a une méchante histoire.

Poirot hocha la tête :

— Oui. Il y a eu des gens ici – plusieurs personnes – pour désirer profondément la mort de quelqu'un d'autre. Ce n'est que trop vrai.

— J'imagine que, d'une façon ou d'une autre, nous en subissons l'influence. Mais maintenant, dites-moi, Poirot, ce que je dois faire à propos de Judith et d'Allerton. Il faut mettre un terme à cette liaison. Que pensez-vous qui serait le mieux ?

— De ne rien faire, répondit Poirot avec conviction.

— Oh ! mais...

— Croyez-moi, vous causerez moins de dommages si vous vous abstenez d'intervenir.

— Si je parlais à Allerton...

— Que pourriez-vous lui dire ? Judith a 21 ans, elle est majeure.

— Mais il me semble que je devrais pouvoir...

Poirot m'interrompit :

— Non, Hastings. Vous n'êtes ni assez intelligent, ni assez fort, ni même assez malin pour en imposer à ces deux-là. Allerton a l'habitude des pères furieux et impuissants, et il s'en amuse probablement comme d'une bonne plaisanterie. Quant à Judith, ce n'est pas le genre à se laisser intimider. Je vous conseillerais plutôt – si j'ai un conseil à vous donner – de faire confiance à Judith.

J'ouvris de grands yeux.

— Judith, reprit Poirot, est une nature noble. J'ai beaucoup d'admiration pour elle.

— Je l'admire aussi, répondis-je d'une voix tremblante. Mais j'ai peur.

Avec une soudaine énergie, Poirot hocha la tête.

— Moi aussi j'ai peur pour elle, dit-il. Mais pas pour les mêmes raisons que vous. Et je suis impuissant... ou presque. Les jours passent... et le danger est là, Hastings. Tout près.

Je savais, tout comme Poirot, que le danger était imminent. Je le savais même mieux que lui, étant donné les propos que j'avais surpris la veille au soir.

En descendant prendre mon petit déjeuner, je réfléchissais néanmoins à la recommandation de Poirot : « Faire confiance à Judith. »

Pour inattendue qu'elle était, cette phrase m'avait bizarrement réconforté. Et presque aussitôt, elle se trouva vérifiée. Car Judith avait visiblement changé d'avis en ce qui concernait son voyage à Londres ce jour-là. Au lieu de quoi, tout de suite après le déjeuner, elle se rendit avec Franklin au laboratoire, où les attendait de toute évidence une journée de dur labeur.

Un sentiment de reconnaissance m'envahit. Je devais être fou, désespéré, hier soir ! J'avais supposé – et presque tenu pour acquis – que Judith avait accédé aux propositions fallacieuses d'Allerton. Mais en y repensant maintenant, il était vrai que je ne l'avais jamais entendue donner son accord. Non, elle était trop intelligente, trop profondément bonne et honnête, pour céder. Elle avait refusé le rendez-vous.

Je découvris qu'Allerton avait pris son petit déjeuner de bonne heure et était parti pour Ipswich. Il s'en était donc tenu à son plan et supposait sans doute que Judith était allée à Londres, comme prévu.

« Eh bien, me dis-je fermement, il va être déçu. »

Boyd Carrington arriva et remarqua, d'un air plutôt maussade, que j'avais l'air bien gai ce matin.

— Oui. J'ai eu droit à quelques bonnes nouvelles.

Il me répondit qu'il ne pouvait pas en dire autant. Il avait reçu un fâcheux coup de téléphone de son architecte à propos d'une difficulté de construction et d'un expert local qui s'énervait. Ainsi que des lettres qui lui causaient du souci. Et il se sentait coupable d'avoir laissé Mme Franklin se surmener la veille.

Mme Franklin était certainement en train de compenser sa récente période de bonne santé et de bonne humeur. À en croire Mlle Craven, elle était absolument impossible.

Mlle Craven avait dû renoncer au jour de congé qui lui avait été promis pour aller voir des amis, et elle en avait conçu de l'amertume. Mme Franklin l'appelait depuis l'aube, réclamant des sels, des bouillottes, de la nourriture et des boissons variées, et elle ne la laissait pas quitter sa chambre. Elle se plaignait de névralgies, d'une douleur dans la région du cœur, de crampes dans les jambes et dans les pieds, de sueurs froides et de je ne sais quoi encore.

Je dois avouer que personne, ni moi ni les autres, ne songeait à s'inquiéter. Nous mettions tout cela au compte des tendances hypocondriaques de Mme Franklin.

C'était également le cas de Mlle Craven et du Dr Franklin.

On était allé chercher ce dernier dans son laboratoire ; il écouta les plaintes de sa femme et lui demanda si elle voulait qu'on appelle le médecin – ce qu'elle refusa obstinément ; il lui prépara alors un sédatif, l'apaisa du mieux qu'il put et retourna au travail.

— Il n'est pas dupe, évidemment, il fait juste semblant, me confia Mlle Craven.

— Vous ne pensez pas qu'elle ait quoi que ce soit ?

— Sa température est normale, son pouls parfait. C'est pure comédie, si vous voulez mon avis.

Elle était exaspérée et s'exprimait avec beaucoup moins de prudence que d'habitude.

— Elle adore importuner les gens heureux. Elle voudrait que son mari se mette dans tous ses états, que je tourne sans cesse autour d'elle et serait même ravie que sir William ait le sentiment de s'être conduit comme un malotru en la « surmenant ». Elle est comme ça.

Il était clair que, pour Mlle Craven, sa malade, aujourd'hui, était insupportable. Mme Franklin avait dû être vraiment odieuse avec elle. C'était le genre de femmes que les infirmières et les domestiques détestent instinctivement, pas seulement en raison du travail qu'elles leur donnent, mais en raison de la façon dont elles l'exigent.

Donc, comme je l'ai dit, aucun de nous ne prenait son indisposition au sérieux. À la seule exception de Boyd Carrington, qui errait lamentablement, avec l'air du petit garçon qui vient de se faire gronder.

Combien de fois ne suis-je pas revenu sur les événements de cette journée, fouillant ma mémoire à la recherche d'un minuscule incident que j'aurais négligé jusque-là, m'efforçant de me remémorer exactement le comportement de chacun, dans quelle mesure il avait été normal ou agité.

Je vais noter exactement, encore une fois, ce que je me rappelle de chacun.

Boyd Carrington, comme je l'ai dit, était mal à l'aise et penaud. Il pensait certainement qu'il s'était montré trop exubérant et égoïste la veille, oubliant que sa compagne était de santé fragile. Il était monté plusieurs fois s'enquérir de l'état de Barbara Franklin, et Mlle Craven, qui elle-même n'était pas de la meilleure humeur, l'avait plutôt mal reçu. Il était allé au village acheter une boîte de chocolats, qui lui fut renvoyée : « Mme Franklin a horreur du chocolat. » Désolé, il ouvrit la boîte dans le fumoir pour Norton, lui et moi.

Norton, maintenant que j'y pense, était préoccupé ce matin-là. Il était absent, et je l'avais vu plusieurs fois froncer les sourcils comme si quelque chose l'intriguait.

C'était un grand amateur de chocolats et il en avait mangé, distraitement, un bon nombre.

Le temps s'était gâté. Depuis 10 heures, la pluie tombait sans discontinuer, mais sans susciter chez nous cette mélancolie qui, souvent, l'accompagne. Au contraire, cela avait été un soulagement pour nous tous.

Curtiss avait descendu Poirot vers midi environ et l'avait installé dans le salon. Elizabeth Cole était venue l'y rejoindre et lui avait joué du piano. Elle avait un joli toucher et interprétait Bach et Mozart, les compositeurs favoris de mon ami.

Franklin et Judith étaient arrivés par le jardin vers 12 h 45. Blême et tendue, Judith était restée silencieuse, regardant vaguement autour d'elle comme perdue dans un rêve, puis elle était partie. Franklin était resté avec nous. Il était sur les nerfs lui aussi, fatigué et absorbé.

Je me rappelle avoir dit quelque chose à propos de la pluie et du soulagement qu'elle apportait, et il avait répliqué vivement :

— Oui. Il y a des moments où quelque chose doit survenir...

J'avais alors eu l'impression qu'il ne parlait pas seulement du temps. Maladroit comme toujours dans ses mouvements, il avait heurté la table et avait fait sauter de la boîte la moitié des chocolats. Avec son air égaré habituel, il avait fait des excuses... apparemment à la boîte.

— Oh ! Désolé...

173

Cela aurait dû être drôle mais, Dieu sait pourquoi, ça ne l'était pas. Il avait ensuite rapidement ramassé les chocolats éparpillés.

Norton lui avait demandé alors s'il avait eu une matinée fatigante.

Son visage s'était brusquement éclairé d'un sourire joyeux et enfantin :

— Non, non... Je viens juste de comprendre que j'étais sur une mauvaise piste. Il y a une procédure beaucoup plus simple. Je peux prendre un raccourci, maintenant.

Il se balançait vaguement d'un pied sur l'autre, le regard absent mais résolu.

— Oui, un raccourci. C'est le mieux.

Autant la matinée nous avait trouvés nerveux et désœuvrés, autant l'après-midi s'était révélé, de façon inattendue, des plus agréables. Le soleil était apparu, il faisait frais. On avait descendu et installé Mme Luttrell dans la véranda. Elle était en pleine forme, usait de son charme avec moins d'exagération que d'habitude et sans l'acidité qui la caractérisait. Elle taquinait son mari, mais gentiment, presque avec affection, et lui rayonnait. C'était un vrai plaisir de les voir en si bons termes.

Poirot avait permis qu'on le pousse dehors et il était également de bonne humeur. Je pense qu'il se réjouissait de l'engouement des Luttrell. Le colonel avait l'air rajeuni de vingt ans. Il était moins hésitant, il tirait moins sur sa moustache. Il était même allé jusqu'à proposer un bridge pour le soir-même :

— Son bridge lui manque, à Daisy.

— C'est bien vrai, avait approuvé Mme Luttrell.

Norton avait fait remarquer que ce serait peut-être trop fatigant pour elle.

— Je ne jouerai qu'une partie, avait dit Mme Luttrell, qui avait ajouté avec un clin d'œil : Et je me conduirai bien, j'essaierai de ne pas mordre ce pauvre George toutes les trente secondes !

— Ma chérie ! avait protesté son mari. Je sais bien que je suis un piètre joueur.

— Quelle importance ? avait répliqué Mme Luttrell. Cela me donne au contraire l'infini plaisir de pouvoir te faire tourner en bourrique.

Cette saillie nous avait tous fait rire. Mme Luttrell avait poursuivi :

— Oh ! je connais mes défauts, mais ce n'est pas à mon âge que je vais m'amender. George a toujours su qu'il devait faire avec et il en a depuis longtemps pris son parti.

Le colonel Luttrell l'avait regardée d'un air parfaitement béat.

Leur complicité retrouvée était sans doute ce qui avait amené plus tard, ce jour-là, une discussion sur le mariage et le divorce.

Les hommes et les femmes étaient-ils plus heureux en raison des facilités accordées au divorce, ou arrivait-il le plus souvent, au bout d'un certain temps, qu'une période d'irritation et d'éloignement – ou d'ennuis causés par une tierce personne – fasse place à un renouveau d'affection et d'amitié ?

Il est étrange de constater à quel point les idées des gens semblent parfois en contradiction avec leur expérience personnelle.

Mon propre mariage avait été particulièrement heureux, je suis quelqu'un de profondément vieux jeu, et pourtant j'étais partisan du divorce, d'arrêter les dégâts pour repartir d'un bon pied. Boyd Carrington, dont le mariage avait été malheureux, tenait cependant au lien indissoluble du mariage. Il avait, disait-il, le plus grand respect pour cette institution qu'il considérait comme le fondement même de l'État.

Norton, sans liens ni expérience personnelle, partageait mon point de vue. Franklin, le savant moderne, était, chose étrange, résolument opposé au divorce. Apparemment, cela offensait son sens de l'éthique. Les responsabilités que l'on a prises, on doit les assumer jusqu'au bout, disait-il, et non les fuir ou les mettre de côté. Un contrat est un contrat. Accepté de plein gré, on doit le respecter. Sinon, il ne pouvait en résulter, d'après lui, que des désordres. Des liens distendus ou rompus.

Allongé dans son fauteuil, ses longues jambes étendues et donnant de vagues coups de pied dans une table, il avait ajouté :

— Un homme choisit sa femme. Il en a la responsabilité jusqu'à la mort.

— Une mort... parfois salvatrice, hein ? avait assez drôlement répliqué Norton.

Nous avions éclaté de rire et Boyd Carrington avait remarqué :

— Vous n'avez pas voix au chapitre, mon garçon, vous n'avez jamais été marié.

Secouant la tête, Norton avait répondu :

— Et maintenant, il est trop tard...

— Vraiment ? Vous en êtes sûr ? lui avait lancé Boyd Carrington.

À ce moment-là, Elizabeth Cole, qui était montée avec Mme Franklin, était venue nous rejoindre.

Était-ce un effet de mon imagination, ou Boyd Carrington les avait-il regardés, Norton et elle, d'un air entendu, et était-il possible que Norton ait rougi ?

Cela m'avait mis une nouvelle idée en tête et je m'étais surpris soudain à observer Elizabeth Cole. Elle était effectivement encore jeune et, de plus, très jolie. En fait, quelqu'un de charmant et de compatissant, tout à fait capable de rendre un homme heureux. Norton et elle avaient, dernièrement, passé beaucoup de temps ensemble. Traquant de concert fleurs sauvages et oiseaux, ils étaient devenus amis ; je me rappelai qu'elle avait parlé de Norton comme d'un homme très bon.

Ma foi, si tel était le cas, j'en étais ravi pour elle. Ainsi, sa désolante enfance ne l'aurait pas empêchée, à la fin, d'être heureuse. La tragédie qui avait assombri sa vie n'aurait pas eu lieu en vain. Et je m'étais dit, en la regardant, qu'elle avait certainement l'air beaucoup plus épanouie et, oui, plus gaie que quand elle était arrivée à Styles.

Elizabeth Cole et Norton… oui, pourquoi pas ?

Et soudain, sans raison, j'avais été pris d'un terrible malaise. Faire des projets de bonheur, ici, c'était dangereux… ce n'était pas juste ! L'air de Styles charriait des miasmes redoutables. Je l'avais ressenti à cette minute même, je m'étais soudain senti vieux et fatigué, oui, et effrayé.

Un instant après ce sentiment avait disparu. Personne n'avait remarqué mon émotion, je crois, à l'exception de Boyd Carrington. Quelques minutes plus tard, il m'avait demandé à voix basse :

— Ça ne va pas, Hastings ?

— Si, pourquoi ?

— Eh bien… vous aviez l'air… je ne peux pas l'expliquer.

— C'était juste une impression… une appréhension.

— Une prémonition funeste ?

— Oui, si vous voulez. L'impression que… qu'il va arriver quelque chose.

— Bizarre. J'ai connu ça une fois ou deux. Aucune idée de quoi il s'agit ?

Il m'observait avec attention.

Je secouai la tête. Car, en fait, je n'éprouvais aucune appréhension particulière. Tout à coup profondément déprimé, j'avais été submergé par une vague de terreur.

Puis Judith était sortie de la maison pour nous rejoindre, lentement, la tête haute, les lèvres serrées, le visage grave. Très belle.

Combien peu elle nous ressemblait, à Cinders et à moi ! On aurait dit une jeune prêtresse. Norton avait dû avoir la même impression, car il lui dit :

— Votre homonyme devait avoir cet air que vous avez là lorsqu'elle a coupé la tête d'Holopherne.

Judith sourit et haussa légèrement les sourcils :

— Je ne me rappelle plus ce qui l'avait poussée à le faire.

— Oh ! des raisons hautement morales : le bien de la communauté.

Son ton légèrement ironique avait déplu à Judith. Elle avait rougi et était allée s'asseoir près de Franklin.

— Mme Franklin se sent beaucoup mieux, avait-elle annoncé. Elle nous demande de venir prendre le café avec elle ce soir.

Mme Franklin est sans conteste un être lunatique, me dis-je, lorsque nous nous retrouvâmes tous chez elle après le dîner. Après avoir rendu la vie impossible à tout le monde toute la journée, elle était maintenant la douceur même avec chacun.

Elle était étendue sur sa chaise longue, dans un négligé bleu de Nil, la cafetière à côté d'elle, sur une petite table-bibliothèque tournante. Aidée par Mlle Craven, elle se livrait, de sa main blanche et adroite, au rituel de la préparation du café. Nous étions tous là, à l'exception de Poirot qui se retirait toujours avant le dîner, d'Allerton qui n'était pas encore rentré d'Ipswich, et des Luttrell qui étaient restés en bas.

Une délicieuse odeur de café nous chatouillait les narines. À Styles, le café était un breuvage boueux et insipide, si bien que nous nous réjouissions à l'avance de boire celui de Mme Franklin, fait de grains fraîchement moulus.

Assis de l'autre côté de la petite table, Franklin lui tendait les tasses qu'elle remplissait à mesure. Boyd Carrington était debout, au pied du divan, Elizabeth Cole et Norton près de la fenêtre, Mlle Craven s'était retirée dans le fond de la pièce, près de la tête du lit. J'étais assis dans un fauteuil, me débattant avec les mots croisés du *Times* et lisant tout haut les définitions :

— « Amour rival ou risque au tiers » en cinq lettres ?

— Probablement une anagramme, dit Franklin.

Nous avions réfléchi une minute, et j'avais poursuivi :

— Citation de Tennyson : « Et l'Écho, quelle que soit la question qu'on lui pose, répond... » En quatre lettres.

— « Quoi ? » proposa Mme Franklin. C'est sûrement ça. « Et l'Écho répond : quoi ? »

J'étais sceptique.

— Ça nous donnerait un mot finissant par Q.

Elizabeth Cole intervint :

— La citation de Tennyson, c'est : « Et l'Écho, quelle que soit la question qu'on lui pose, répond : la Mort. »

J'entendis une brève et violente inspiration. Je levai les yeux. C'était Judith. Elle se dirigea vers la fenêtre et passa sur le balcon.

Comme j'inscrivais le dernier mot, je dis :

— L'amour rival ne peut pas être une anagramme. La deuxième lettre maintenant est un M.

— Rappelez-moi la définition.

— « Amour rival ou risque au tiers. » Un blanc, un M, et trois blancs.

— « Amant », proposa Boyd Carrington.

J'entendis la petite cuillère de Barbara Franklin heurter sa soucoupe. Je poursuivis avec la définition suivante :

— « La jalousie est un monstre aux yeux verts ».

— Shakespeare, répondit Boyd Carrington.

— Othello ou Émilie, suggéra Mme Franklin.

— Tous trop longs. Il n'y a que quatre lettres.

— Iago.

— Je suis sûr que c'est Othello.

— Ce n'est pas du tout dans *Othello*. C'est Roméo qui le dit à Juliette.

Chacun y était allé de son opinion. Soudain, du balcon, Judith s'était écriée :

— Regardez ! Une étoile filante. Oh ! encore une autre !

— Où ça ? avait demandé Boyd Carrington. Il faut faire un vœu.

Il était allé sur le balcon avec Elizabeth Cole, Norton et Judith. Mlle Craven les suivit. Franklin se leva et alla les rejoindre. Ils étaient tous là, à regarder le ciel et à pousser des exclamations.

J'étais resté penché sur mes mots croisés. Pourquoi aurais-je dû, moi, désirer voir une étoile filante ? Je n'avais rien à souhaiter...

Soudain, Boyd Carrington avait fait demi-tour et était rentré dans la chambre :

— Barbara, il faut que tu viennes !

Mme Franklin avait répondu sèchement :

— Non, je ne peux pas. Je suis trop fatiguée.

— C'est ridicule, Babs. Tu dois venir faire un vœu ! Bon, ne proteste pas, avait-il ajouté. Je vais te porter.

Et il l'avait prise dans ses bras. Elle s'était débattue en riant :

— Bill, lâche-moi, ne sois pas stupide !

— Les petites filles doivent venir faire un vœu !

Et il était allé la déposer sur le balcon.

J'étais resté penché sur mes mots croisés happé par un souvenir... Une claire nuit tropicale, des grenouilles coassant... et une étoile filante. J'étais là près de la fenêtre... Je m'étais retourné, j'avais pris Cinders dans mes bras et l'avais portée dehors, pour qu'elle voie les étoiles et fasse un vœu...

Les barres de mes mots croisés se mirent à fuir et à se brouiller sous mes yeux.

Une silhouette avait quitté le balcon et était rentrée dans la pièce : Judith.

Je ne voulais à aucun prix que Judith me surprenne en larmes. C'était impensable. Faisant semblant de chercher un livre, je m'étais brusquement tourné vers la table-bibliothèque. Je me rappelais avoir vu là une vieille édition de Shakespeare. Oui, elle y était bien. Je feuilletai *Othello*.

— Qu'est-ce que tu fais, père ?

Tout en tournant les pages, j'avais marmonné quelque chose à propos des devinettes. Oui, c'était bien Iago :

Ô, gardez-vous, Seigneur, de la jalousie ;
C'est le monstre aux yeux verts qui bafoue
La chair dont il se nourrit.

Judith enchaîna :

Ni le pavot, ni la mandragore,
Aucun sirop assoupissant au monde
Ne te seront médecine pour retrouver ton doux
[*sommeil*
D'hier.

Sa voix avait résonné, belle et profonde.

Les autres revenaient, riant et bavardant. Mme Franklin avait repris sa place sur sa chaise longue, Franklin s'était rassis et remuait son café. Norton et Elizabeth Cole, après avoir fini de boire le leur, s'étaient excusés, car ils avaient promis aux Luttrell de faire un bridge avec eux.

183

Mme Franklin avait bu son café et demandé ensuite ses « gouttes ». Judith était allée les lui chercher dans la salle de bains, car Mlle Craven venait juste de sortir.

Franklin, qui errait sans but dans la chambre, avait trébuché contre une petite table. Sa femme l'avait vivement tancé :

— Ne sois pas si maladroit, John.

— Désolé, Barbara. Je pensais à quelque chose.

— Tu n'es qu'un gros ours, n'est-ce pas, mon chéri ? avait répliqué avec une affection inattendue Mme Franklin.

Il l'avait regardée distraitement et répliqué :

— La nuit est douce. Je crois que je vais faire un tour.

Et il était sorti.

— C'est un génie, vous savez, avait dit alors Mme Franklin. Ça se voit jusque dans ses manières. Je l'admire terriblement. Il a une telle passion pour son travail !

— Oui, oui, un garçon intelligent, avait acquiescé Boyd Carrington du bout des lèvres.

Judith avait brusquement quitté la chambre, se heurtant presque à Mlle Craven qui entrait.

— Que penserais-tu d'une partie de piquet, Babs ? avait proposé Boyd Carrington.

— Oh ! quelle bonne idée ! Pouvez-vous nous trouver des cartes, mademoiselle Craven ?

La jeune femme était partie en chercher. Quant à moi, j'avais souhaité bonne nuit à Mme Franklin et l'avais remerciée pour son café.

Dans le couloir, j'avais surpris Franklin et Judith qui regardaient par la fenêtre. Ils ne parlaient pas, ils étaient simplement debout, côte à côte.

En me voyant approcher, Franklin avait fait quelques pas en hésitant, puis avait demandé :

— Vous venez faire un tour, Judith ?

Ma fille avait secoué la tête :

— Pas ce soir…

Et elle avait ajouté brusquement :

— Je vais me coucher. Bonne nuit.

J'étais descendu avec Franklin qui sifflotait et souriait. Comme je me sentais plutôt déprimé, j'avais remarqué avec une légère irritation :

— Vous avez l'air bien content de vous, ce soir.

Il l'avait reconnu :

— Oui. Je viens d'accomplir quelque chose que j'avais en vue depuis longtemps. C'est très satisfaisant.

Je l'avais quitté au bas de l'escalier et étais allé jeter un coup d'œil sur les joueurs de bridge. Norton m'avait fait un petit clin d'œil. Mme Luttrell ne m'avait pas vu. La partie paraissait se dérouler dans une harmonie inhabituelle.

Allerton n'était pas encore rentré. Sans lui, l'atmosphère de la maison me semblait plus sereine, moins oppressante.

Ensuite, j'étais monté chez Poirot. Judith était avec lui. En me voyant entrer, elle m'avait souri, sans un mot.

— Elle vous a pardonné, mon cher ami, avait déclaré Poirot – remarque qui m'avait paru plutôt déplacée.

— Vraiment…, avais-je bafouillé, je ne pense pas que…

Judith s'était levée, m'avait passé un bras autour du cou et m'avait embrassé en disant :

— Pauvre papa ! L'oncle Hercule ne devrait pas porter atteinte à ta dignité. C'est moi qui dois être pardonnée. Alors, pardonne-moi et souhaite-moi bonne nuit.

Je ne sais pas pourquoi j'avais dit :

— Je suis désolé, Judith. Vraiment désolé. Je ne voulais pas…

Elle m'avait arrêté :

— Ce n'est rien. Oublions ça. Tout va bien, maintenant…

Et elle était sortie tranquillement. Après quoi, Poirot m'avait demandé :

— Eh bien ? Qu'est-ce qui s'est passé ce soir ?

— Il ne s'est rien passé et il ne se passera rien, lui avais-je répondu avec un grand geste.

En réalité, j'étais loin du compte. Car quelque chose arriva cette nuit-là. Mme Franklin fut brusquement prise de violentes douleurs. On envoya chercher deux médecins, en vain. Le lendemain matin elle était morte.

Il nous fallut patienter vingt-quatre heures pour apprendre que son décès était dû à un empoisonnement par la physostigmine.

14

L'enquête eut lieu deux jours plus tard. C'était la seconde à laquelle j'assistais à cet endroit.

Le coroner était un homme d'âge moyen, compétent, au regard perçant et au discours froid.

Elle débuta avec l'expertise médicale. Il fut établi que la mort était le résultat d'un empoisonnement à la physostigmine, et que d'autres alcaloïdes de la fève de Calabar étaient également présents. Le poison devait avoir été pris la veille au soir, entre 19 heures et minuit. Le médecin légiste et son collègue refusèrent d'être plus précis.

Ce fut ensuite le tour du Dr Franklin. Dans l'ensemble, il fit bonne impression. Son témoignage fut clair et simple. Après la mort de sa femme, il avait inspecté les solutions qui se trouvaient dans son laboratoire. Il avait découvert qu'un flacon, qui aurait dû contenir une solution très concentrée d'alcaloïdes de la fève de Calabar avec laquelle il conduisait ses expériences, avait été rempli d'eau ordinaire ; il ne s'y trouvait plus que quelques traces de la solution originale. Comme il ne s'était pas servi de cette préparation depuis plusieurs jours, il ne pouvait pas dire avec certitude à quand remontait l'échange.

Fut ensuite soulevée la question de l'accès au laboratoire. Le Dr Franklin reconnut qu'il était d'ordinaire fermé à clé et que la clé se trouvait généralement dans sa poche. Mlle Hastings, son assistante, en possédait un double. Quiconque voulait y entrer devait en obtenir la clé soit d'elle, soit de lui. Il était arrivé à sa femme de la lui emprunter lorsqu'elle avait oublié quelque chose dans le laboratoire. Pour sa part, il n'avait jamais introduit de solution de physostigmine dans la maison ou dans la chambre de sa femme, et il considérait comme hautement improbable qu'elle ait pu en emporter par hasard.

Questionné plus avant par le coroner, il expliqua que sa femme était depuis quelque temps dans un mauvais état de santé. Elle n'avait pas de maladie organique. Elle souffrait de dépression et de rapides changements d'humeur.

Récemment, poursuivit-il, elle s'était montrée beaucoup plus gaie et il l'avait trouvée, moralement et physiquement, en bien meilleure forme. Ils étaient en bons termes et ne s'étaient pas disputés. Le dernier soir, elle lui avait paru de bonne humeur, pas le moins du monde mélancolique.

Il expliqua encore que sa femme avait parfois parlé d'en finir mais qu'il n'avait jamais pris ces propos au sérieux. Prié de donner une réponse catégorique, il déclara qu'à son avis, tant médical que personnel, sa femme n'était pas suicidaire.

On interrogea également Mlle Craven. Efficace, élégante dans son uniforme impeccable d'infirmière, elle fit des réponses concises et professionnelles. Elle s'occupait de Mme Franklin depuis plus de deux mois. Mme Franklin souffrait d'une grave dépression. Elle l'avait entendue dire au moins trois fois qu'elle « voulait en finir », que sa vie était inutile et qu'elle était une pierre au cou de son mari.

— Pourquoi disait-elle ça ? S'était-il produit une altercation entre eux ?

— Oh ! non, mais elle n'ignorait pas qu'on avait récemment offert à son mari un poste à l'étranger, qu'il avait refusé pour ne pas l'abandonner.

— Et elle en ressentait parfois de la tristesse ?

— Oui. Elle déplorait sa mauvaise santé et se mettait dans tous ses états.

— Le Dr Franklin le savait-il ?

— Je ne pense pas qu'elle lui en parlait souvent.

— Mais elle était sujette à des crises de dépression ?

— Oh ! indéniablement.

— Parlait-elle précisément de commettre un suicide ?

— « Je voudrais en finir avec tout ça », était son leitmotiv.

— Elle n'avait jamais envisagé une méthode particulière ?

— Non. Elle est toujours restée dans le vague.

— Un événement quelconque l'avait-il particulièrement déprimée ces derniers jours ?

— Non. Elle était d'ailleurs, et depuis peu, plutôt de bonne humeur.

— Vous êtes d'accord avec le Dr Franklin pour dire qu'elle était effectivement de bonne humeur le soir de sa mort ?

Mlle Craven hésita :

— Ma foi... elle était surexcitée. Elle avait passé une mauvaise journée, s'était plainte de douleurs et de vertiges. Elle avait paru mieux dans la soirée, mais sa bonne humeur n'était pas très naturelle. Elle avait quelque chose de fiévreux et d'artificiel.

— Auriez-vous remarqué un flacon, ou quoi que ce soit ayant pu contenir le poison ?

— Non.

— Qu'avait-elle mangé et bu ?

— De la soupe, une côtelette, des petits pois, de la purée de pomme de terre et une tarte aux cerises. Avec un verre de bourgogne.

— D'où venait le bourgogne ?

— Elle en avait une bouteille dans sa chambre. Il en restait un peu, mais je pense qu'on l'a analysé et qu'on n'y a rien trouvé.

— Aurait-elle pu mettre le poison dans son verre sans que vous la voyiez ?

— Oh ! très facilement. J'allais et venais dans la pièce pour mettre un peu d'ordre. Je ne la tenais pas à l'œil. Elle avait à côté d'elle une petite serviette et aussi un sac à main. Elle aurait pu mettre n'importe quoi dans son bourgogne, plus tard dans son café, ou dans le lait chaud qu'elle avait bu avant de se coucher.

— Avez-vous idée de ce qu'elle aurait pu faire du flacon dans ce cas ?

Mlle Craven réfléchit :

— Ma foi, j'imagine qu'elle aurait pu le jeter par la fenêtre ensuite. Ou dans la corbeille à papier. Ou encore le rincer dans la salle de bains et le remettre dans l'armoire à pharmacie. Il s'y trouve plusieurs flacons vides. Je les garde parce qu'ils peuvent toujours servir.

— Quand avez-vous vu Mme Franklin pour la dernière fois ?

— À 22 h 30. Je l'avais installée pour la nuit avec son lait chaud et elle m'avait réclamé un comprimé d'aspirine.

— Comment était-elle alors ?

Le témoin réfléchit un instant, puis :

— Ma foi, juste comme d'habitude... Non, un peu surexcitée peut-être.

— Pas déprimée ?

— Ma foi non, plutôt nerveuse, je dirais. Mais si c'est au suicide que vous pensez, la perspective du passage à l'acte peut vous mettre dans un état d'exaltation...

— Considérez-vous qu'elle était femme à se donner la mort ?

Un silence suivit. Mlle Craven paraissait lutter pour se former une opinion.

— Eh bien, déclara-t-elle enfin, oui et non. Je... oui, en fin de compte, oui. Elle était très déséquilibrée.

Vint ensuite le tour de Boyd Carrington. Il avait l'air sincèrement bouleversé, mais son témoignage fut des plus clairs.

191

Au soir de sa mort, il avait joué au piquet avec la défunte. Il n'avait noté alors aucun signe de dépression chez Mme Franklin, mais dans une conversation qu'il avait eue avec elle quelques jours auparavant, elle avait parlé de suicide. Elle était tout le contraire d'une femme égoïste et souffrait profondément à l'idée qu'elle entravait la carrière de son mari. Elle était très ambitieuse pour lui et lui était dévouée corps et âme. Mais son propre état de santé – souvent fragile – la déprimait parfois profondément.

On fit venir Judith, mais elle n'avait pas grand-chose à dire.

Elle ne savait rien à propos de la substitution de la physostigmine au laboratoire. Le soir du drame, Mme Franklin lui avait paru tout à fait comme d'habitude, juste un peu surexcitée, peut-être. Elle ne l'avait jamais entendue faire allusion à un suicide.

Le dernier témoin fut Hercule Poirot. Sa déposition, faite avec beaucoup d'assurance, fit grande impression. Il rapporta une conversation qu'il avait eue avec Mme Franklin la veille de sa mort. Elle était très déprimée et avait exprimé plusieurs fois le désir d'en finir. Sa santé l'inquiétait et elle lui avait confié qu'elle avait des accès de profonde mélancolie quand sa vie ne lui paraissait plus digne d'être vécue. Elle se disait parfois qu'il serait merveilleux d'aller se coucher et de ne plus jamais se réveiller.

Ses réponses suivantes causèrent une sensation plus grande encore.

— Le matin du 10 juin, vous étiez assis à la porte du laboratoire ?
— Oui.
— Avez-vous vu Mme Franklin sortir du laboratoire ?
— Je l'ai vue.
— Avait-elle quelque chose en main ?
— Elle tenait un petit flacon serré dans sa main droite.
— Vous êtes absolument sûr de ça ?
— Oui.
— A-t-elle été gênée en vous voyant ?
— Elle a eu l'air surpris, c'est tout.

Le coroner procéda alors à la récapitulation des faits. Les jurés devaient décider de la façon dont la défunte avait trouvé la mort. Ils n'auraient aucune difficulté à en préciser la cause, l'autopsie le leur avait indiqué : la défunte avait été empoisonnée par du sulfate de physostigmine. Ce qu'ils devaient décider, c'était si elle avait pris ce poison accidentellement, intentionnellement, ou s'il lui avait été administré par une tierce personne. On leur avait dit que la défunte était sujette à des accès de mélancolie, qu'elle était en mauvaise santé et que, bien que ne souffrant d'aucune maladie organique, son état nerveux laissait à désirer. M. Hercule Poirot, témoin dont le nom faisait autorité, avait assuré avoir vu Mme Franklin sortir du laboratoire avec un petit flacon dans la main et qu'elle avait paru étonnée de le rencontrer. Ils pourraient en venir à la conclusion qu'elle avait emporté le poison avec l'intention d'en finir avec la vie. Elle paraissait obsédée par l'idée qu'elle faisait du tort à son mari et obstruction à sa carrière. Il fallait rendre cette justice au Dr Franklin qu'il semblait avoir été un mari bon et affectueux, qui ne s'était jamais plaint de la mauvaise santé de son épouse ni n'avait suggéré que cette dernière entravait sa carrière. Cette idée était apparemment entièrement issue du cerveau malade de la jeune femme. Dans certains états d'effondrement nerveux, les femmes sont sujettes à de telles idées fixes ! Rien n'indiquait à quelle heure le poison avait été pris, ni dans quelles conditions. Il était peut-être un peu étrange que le flacon qui avait contenu le poison à l'origine n'ait pas été retrouvé, mais il était possible, comme l'avait suggéré Mlle Craven, que Mme Franklin l'ait rincé et rangé dans l'armoire à pharmacie d'où elle l'avait tiré. C'était au jury de se faire une opinion.

Le verdict fut rendu après un très court délai.

Le jury avait décidé que, dans un moment de démence passagère, Mme Franklin avait attenté à sa vie.

Une demi-heure plus tard, j'étais chez Poirot. Il avait l'air épuisé. Curtiss l'avait mis au lit et lui donnait un stimulant pour le remonter.

Je mourais d'envie de parler, mais je fus bien obligé de me contenir jusqu'à ce que son valet ait fini et soit parti.

J'éclatai alors :

— Est-ce vrai, Poirot, ce que vous avez dit ? Que vous avez vu un flacon dans la main de Mme Franklin lorsqu'elle est sortie du laboratoire ?

Un très léger sourire passa sur les lèvres bleuies de Poirot. Il murmura :

— Est-ce que vous, vous ne l'auriez pas vu, mon ami ?

— Non, je ne l'ai pas vu.

— Mais vous pourriez ne pas l'avoir remarqué ?

— Oui, peut-être bien. Je ne pourrais évidemment pas jurer qu'elle ne l'avait pas. Mais disiez-vous la vérité ? C'est toute la question, conclus-je en lui jetant un regard soupçonneux.

— Me croiriez-vous capable de mentir, mon très cher ?

— Je ne vous en crois pas incapable.

— Hastings, je suis choqué et surpris. Qu'avez-vous fait de votre foi candide ?

— Bon, concédai-je. Je ne pense quand même pas que vous commettriez un parjure.

— Cela n'aurait pas été un parjure. Nous ne parlions pas sous serment.

— Alors c'était un mensonge ?

Poirot fit un geste de la main :

— Ce que j'ai dit est dit, mon cher. Il ne sert à rien d'en discuter.

— Mais je ne vous comprends tout simplement pas ! m'écriai-je.

— Qu'est-ce que vous ne comprenez pas ?

— Votre témoignage... toutes ces histoires à propos de Mme Franklin et de ses idées de suicide, à propos de sa dépression...

— Enfin, vous l'avez entendue vous-même en parler, non ?

— Oui, mais cela ne reflétait qu'une de ses humeurs parmi d'autres. Vous ne l'avez pas bien fait comprendre.

— Peut-être n'en avais-je pas envie.

J'ouvris de grands yeux :

— Vous vouliez un verdict de suicide ?

Poirot resta un instant silencieux, puis il répondit :

— Je crois, Hastings, que vous ne vous rendez pas compte de la gravité de la situation. Oui, si vous voulez, je désirais un verdict de suicide...

— Mais, vous-même, vous ne pensez pas qu'elle a commis un suicide ? répliquai-je.

Poirot secoua lentement la tête.

— Vous pensez... qu'elle a été assassinée ?

— Oui, Hastings, elle a été assassinée.

— Alors pourquoi essayer d'étouffer l'affaire, de la faire classer comme suicide ? Cela met fin à l'enquête !

— Précisément.

— C'est ce que vous voulez ?

— Oui.

— Mais pourquoi ?

— Vous ne le comprenez pas ? C'est incroyable. Enfin, peu importe, nous n'allons pas nous éterniser là-dessus. Vous devez me croire quand je vous dis que c'est un meurtre, un meurtre délibéré et prémédité. Je vous avais dit, Hastings, qu'un meurtre allait être commis ici et que nous ne serions vraisemblablement pas en mesure de le prévenir, car l'assassin est à la fois implacable et déterminé.

Je frissonnai :

— Et maintenant, qu'est-ce qui va se passer ?

Poirot sourit :

— L'affaire est résolue, classée au chapitre des suicides. Mais vous et moi, Hastings, nous allons continuer à travailler en sous-main, comme des taupes. Et tôt ou tard, nous attraperons X.

— Et supposez qu'entre-temps quelqu'un d'autre soit tué ?

Poirot secoua la tête :

— Je ne le pense pas. À moins, bien sûr, que quelqu'un sache ou ait vu quelque chose, mais dans ce cas, il serait certainement venu le dire, non ?

15

Je ne garde qu'un souvenir assez vague des jours qui suivirent immédiatement l'enquête sur la mort de Mme Franklin. Il y eut les funérailles, bien entendu, qui attirèrent un grand nombre de curieux à Styles St Mary. C'est à cette occasion que je fus accosté par une vieille femme aux yeux chassieux et aux airs de vampire.

Elle m'aborda juste au moment où nous sortions en file du cimetière :

— J'me souviens d'vous, mon bon monsieur, j'vous ai déjà vu, pas vrai ?

— Ma foi... euh... c'est bien possible...

Elle poursuivit sans m'écouter :

— Il y a d'ça vingt ans et plus. Quand la vieille dame elle est morte là-haut. C'était not'premier meurtre, à Styles. Et j'avais dit : ça sera pas le dernier. La vieille Mme Inglethorp, c'était son mari qui lui avait fait son affaire, qu'on avait tous dit. On en aurait mis not'main au feu...

Et elle ajouta, en me jetant un regard torve :

— Et c'est p't-être bien le mari cette fois aussi.

— Que voulez-vous dire ? répliquai-je vivement. N'avez-vous pas entendu le verdict ?

— Ça, c'est ce que le coroner a dit. Mais il peut s'tromper, vous croyez pas ? déclara-t-elle.

Puis, me poussant du coude :

— Les docteurs, ils savent comment s'débarrasser d'leurs femmes. Et celle-là, elle lui valait rien, à c'qu'on dirait.

Devant mon regard furieux, elle recula en murmurant qu'elle n'avait rien voulu insinuer, seulement qu'il paraissait bizarre, n'est-ce pas, que ça se produise encore une fois.

— Et c'est quand même drôle qu'vous vous soyez trouvé là les deux fois, pas vrai, mon bon monsieur ?

Pendant un instant d'affolement, je me demandai si elle me soupçonnait d'avoir commis ces deux crimes. C'était vraiment très troublant. Cela me fit toucher du doigt l'étrange forme obsessionnelle que pouvait prendre la suspicion locale.

Après tout ce n'était pas si faux. Car quelqu'un avait bien assassiné Mme Franklin.

Comme je l'ai dit, je n'ai pas grand souvenir de ces jours-là. Pour commencer, la santé de Poirot me donnait de graves soucis. Curtiss était venu me trouver, son visage de bois vaguement troublé, pour me dire que Poirot avait eu une espèce de crise cardiaque.

— Je crois, monsieur, qu'il devrait voir un médecin.

J'allai en toute hâte trouver Poirot, lequel s'y opposa vigoureusement. Cela ne lui ressemblait guère. Il avait toujours entouré sa santé de mille précautions, se méfiant des courants d'air, s'enveloppant le cou dans de la laine et de la soie, ayant horreur d'avoir les pieds mouillés, prenant sa température et allant se coucher au moindre frisson, « car autrement cela se transformerait chez moi en fluxion de poitrine ». À la moindre petite alerte, il avait toujours aussitôt consulté un médecin.

Et maintenant qu'il était gravement malade, son comportement paraissait s'être inversé.

Et si c'était là la véritable raison ? Ses autres maladies avaient été des broutilles. Mais à présent, il craignait peut-être d'avoir à reconnaître la réalité de son mal. S'il le prenait à la légère, c'était peut-être qu'il avait peur.

Il répondit à mes protestations avec énergie et amertume :

— Ah ! J'ai consulté non pas un, mais des quantités de médecins ! Je suis allé voir deux spécialistes et qu'est-ce qu'ils ont fait ? Ils m'ont envoyé en Égypte, ce qui n'a fait qu'empirer mon état. Je suis allé voir aussi R...

Je connaissais R., c'était un cardiologue. Je demandai vivement :

— Et qu'est-ce qu'il a dit ?

Poirot me jeta un regard oblique... qui m'étreignit le cœur. Il répliqua tranquillement :

— Il a fait pour moi tout ce qui peut être fait. J'ai un traitement et des remèdes sous la main. Il n'existe rien d'autre. Vous voyez bien, Hastings, qu'il ne servirait à rien de faire venir d'autres médecins. La machine, mon ami, est usée. On ne peut, hélas ! pas y installer un nouveau moteur et se remettre à rouler, comme avec une voiture.

— Mais écoutez, Poirot, on peut sûrement faire quelque chose. Curtiss...

— Curtiss ? releva vivement Poirot.

— Oui. Il est venu me trouver, très inquiet. Vous avez eu une attaque...

Poirot dodelina de la tête :

— Oui, oui. Ces attaques sont souvent très difficiles à supporter pour ceux qui en sont témoins.

Curtiss n'a sans doute pas l'habitude de ces crises.

— Vous ne voulez réellement pas voir un médecin ?

— Cela ne servirait à rien, mon cher.

C'était dit gentiment mais fermement. J'en eus de nouveau le cœur serré. Poirot me sourit :

— Cette affaire, Hastings, sera ma dernière. Ce sera aussi la plus intéressante... et aussi mon criminel le plus intéressant. Car X possède une technique superbe, époustouflante, qui, quoi qu'il en soit, soulève l'admiration. Jusqu'à présent, mon très cher, X a opéré avec une telle habileté qu'il m'a tenu en échec, moi, Hercule Poirot ! Il a conçu une attaque à laquelle je suis incapable de faire face.

— Si vous étiez en bonne santé..., commençai-je.

Mais, apparemment, ce n'était pas du tout ce qu'il fallait dire. Hercule Poirot se mit aussitôt en rage :

— Ah ! Dois-je passer ce qui me reste de vie à vous répéter qu'un effort physique n'est pas nécessaire ? Il faut seulement... réfléchir.

— Oui... évidemment... ça, vous pouvez très bien le faire.

— Très bien ? Non, suprêmement bien ! J'ai les membres paralysés, mon cœur me joue des tours, mais mon cerveau, Hastings, mon cerveau fonctionne sans le moindre trouble. Il n'a rien perdu de sa perfection, mon cerveau.

— C'est merveilleux, dis-je d'un ton apaisant.

Mais tandis que je descendais lentement l'escalier, je songeai que le cerveau de Poirot n'était plus aussi rapide qu'il aurait dû être. Mme Luttrell, tout d'abord, avait échappé de peu à la mort et maintenant Mme Franklin était bel et bien morte. Et que faisions-nous ? À peu près rien.

— Vous m'avez suggéré de voir un médecin, Hastings, me dit Poirot le lendemain.

— Oui, répondis-je avec empressement. Je serais très heureux que vous le fassiez.

— Eh bien, j'y consens. Je verrai Franklin.

— Franklin ? répétai-je, sceptique.

— Ma foi, il est médecin, oui ou non ?

— Oui, mais spécialisé dans la recherche, il me semble.

— Sans aucun doute. J'imagine qu'il n'aurait pas grand succès comme généraliste : il aurait manqué, auprès des patients de ce que vous appelez « les manières de chevet ». Mais il en a les qualifications. En fait, j'irais jusqu'à dire, comme on parle dans les films, que son « truc », il le connaît mieux que beaucoup d'autres.

Je n'étais cependant pas entièrement satisfait. Je ne doutais pas de l'habileté de Franklin, même si j'avais toujours été frappé par son agacement et par son manque d'intérêt pour les affections humaines. C'était peut-être une attitude admirable pour un chercheur, mais guère recommandable pour la santé du malade qu'il serait chargé de soigner.

Quoi qu'il en soit, pour Poirot c'était déjà une grande concession, et comme il n'avait pas de médecin traitant sur place, Franklin accepta sans hésiter de l'examiner. Il expliqua cependant que, s'il estimait qu'il lui fallait une assistance médicale régulière, il faudrait faire appel à un médecin local. Il ne pourrait pas s'en occuper.

Franklin passa un long moment avec lui.

Quand il sortit enfin de chez Poirot, je l'attirai dans ma chambre et fermai la porte.

— Eh bien ? demandai-je anxieusement.

Songeur, Franklin déclara :

— C'est un homme remarquable.

— Oh ! pour ça, oui, dis-je, balayant du geste cette évidence. Mais sa santé ?

— Oh ! sa santé ? répéta Franklin, comme s'il était surpris de me voir mentionner un détail aussi insignifiant. Oh ! Elle est très mauvaise, évidemment.

Ce n'était pas, selon moi, une manière très professionnelle de s'exprimer. Et pourtant, j'avais entendu dire par Judith que Franklin avait été l'un des plus brillants élèves de sa génération.

— À quel point ? demandai-je, angoissé.

Il me lança un coup d'œil :

— Vous voulez vraiment le savoir ?

— Évidemment.

Qu'est-ce qu'il s'imaginait, cet idiot ?

— La plupart des gens, remarqua-t-il, ne veulent pas savoir. Ce qu'ils réclament, c'est un sirop réconfortant. De l'espoir. Qu'on leur donne des assurances au compte-gouttes. Bien sûr, on

203

assiste parfois à de stupéfiantes guérisons. Mais pas dans le cas de Poirot.

— Vous voulez dire…

De nouveau, j'eus l'impression qu'une main glacée me serrait le cœur.

Franklin hocha la tête :

— Oh ! oui. L'issue ne fait pas de doute. Et elle est imminente à mon avis. Je ne vous l'aurais pas dit s'il ne m'y avait pas autorisé.

— Alors… il sait.

— Il sait très bien. Son cœur peut lâcher – pfut ! – à tout moment. Évidemment, on ne peut pas dire exactement *quand*.

Il s'arrêta, puis reprit lentement :

— D'après ce qu'il m'a confié, j'ai cru comprendre qu'il est très soucieux d'achever une tâche, une tâche que, d'après lui, il aurait entreprise. Savez-vous de quoi il s'agit ?

— Oui, répondis-je. Je sais.

Franklin me jeta un regard curieux.

— Il voudrait être sûr de venir à bout de ce travail.

— Je vois.

Je me demandai si John Franklin avait la moindre idée de ce que pouvait bien être le travail en question ! Celui-ci remarqua doucement :

— J'espère qu'il y arrivera. D'après ses dires, c'est très important pour lui… Il a un esprit très méthodique, ajouta-t-il après un silence.

Angoissé, je lui demandai :

— Il n'y a rien qu'on puisse faire… aucun genre de traitement… ?

Il secoua la tête :

— Rien du tout. Il a des ampoules de nitrite d'amyle à prendre quand survient une crise.

Puis il fit une étonnante réflexion :

— Il a un très grand respect de la vie humaine, n'est-ce pas ?

— Oui, certainement.

Combien de fois ne l'avais-je pas entendu dire : « Le meurtre est un exercice que je désapprouve. » Cet euphémisme, exprimé d'un ton guindé, m'avait toujours beaucoup amusé.

Franklin poursuivit :

— C'est ce qui fait toute la différence entre nous. Moi, ce respect, j'ai une fois pour toutes décidé de l'ignorer… !

Je le regardai avec curiosité. Il inclina la tête avec un léger sourire :

— C'est vrai. Puisque la mort vient de toute façon tôt ou tard, quelle importance ? Cela fait si peu de différence !

— Si c'est ce que vous pensez, pourquoi diable alors êtes-vous devenu médecin ? m'écriai-je non sans indignation.

— Oh ! mon cher, la médecine, ce n'est pas seulement essayer d'esquiver la fin ultime. C'est beaucoup plus. C'est améliorer *ce qui vit*. Si un homme en bonne santé meurt, cela n'a pas d'importance – pas beaucoup. Si un imbécile – un crétin – meurt, tant mieux ; mais si, en lui administrant l'hormone qui convient et que vous aurez découverte, vous corrigez sa déficience thyroïdienne et transformez ce crétin en un individu

205

normal et sain, voilà ce qui, à mon avis, revêt une grande importance.

Il avait piqué mon intérêt. Je continuais à penser que si j'attrapais la grippe, ce ne serait pas le Dr Franklin que j'enverrais chercher, mais je devais rendre hommage, chez cet homme, à une sincérité exaltée et à une grande et véritable force. J'avais remarqué un changement en lui depuis la mort de sa femme. Les signes conventionnels du deuil, il n'en avait guère manifesté. Tout au contraire, il paraissait plus vivant, moins distrait, plein de feu et animé d'une énergie nouvelle.

Interrompant ma songerie, il déclara tout à coup :

— Judith et vous, vous ne vous ressemblez pas beaucoup, non ?

— En effet, je ne crois pas.

— Est-ce qu'elle ressemble à sa mère ?

Je réfléchis, puis secouai lentement la tête :

— Non, pas vraiment. Ma femme était très gaie. Elle ne prenait rien au tragique, et elle tentait de me communiquer sa légèreté – sans succès, je le crains.

— Comme père, vous êtes plutôt du genre pesant, n'est-ce pas ? C'est ce que prétend Judith en tout cas. Judith ne rit pas beaucoup non plus, c'est une jeune femme très sérieuse. Trop de travail, j'imagine. C'est ma faute.

Il se replongea dans ses pensées.

— Votre travail doit être très intéressant, dis-je assez platement.

— Hein ?

— Je dis que votre travail doit être très intéressant.

— Seulement pour une demi-douzaine de personnes. Pour tous les autres, ce serait mortellement ennuyeux... et ils auraient probablement raison. Quoi qu'il en soit...

La tête soudain rejetée en arrière, les épaules carrées, il eut tout à coup l'air de ce qu'il était, d'un homme fort et viril :

— ... J'ai une chance, maintenant. Dieu ! J'ai envie de le crier très fort. Le cabinet du ministre me l'a fait savoir aujourd'hui. Le poste est encore disponible et il est à moi. Je pars dans dix jours.

— Pour l'Afrique ?

— Oui. C'est fantastique.

— Si tôt ! remarquai-je, légèrement choqué.

Il ouvrit de grands yeux :

— Qu'entendez-vous par là ? Oh ! Vous voulez dire, si tôt après la mort de Barbara ? Mais pourquoi diable n'irais-je pas ? Je ne vais pas prétendre, n'est-ce pas, que sa mort n'a pas été un grand soulagement pour moi ?

Mon expression parut l'amuser :

— Je n'ai pas le temps d'adopter des attitudes conventionnelles. Je me suis pris d'amour pour Barbara – elle était vraiment très jolie – et de désamour à peu près un an après l'avoir épousée. Peut-être même avant. Elle en a été très déçue, évidemment. Elle pensait pouvoir m'influencer. Elle n'a pas pu. Je suis une espèce de brute égoïste et entêtée qui ne fait que ce qu'elle veut.

— Vous aviez refusé ce poste en Afrique à cause d'elle, lui rappelai-je.

— Oui. Mais uniquement pour des raisons financières. Je tenais à conserver à Barbara le train de vie auquel elle était habituée. Si j'étais parti, je l'aurais laissée assez démunie. Mais maintenant, ajouta-t-il avec un sourire sincère et enfantin, les événements ont merveilleusement bien tourné pour moi.

J'étais révolté. Il est sans doute vrai que beaucoup d'hommes n'ont pas particulièrement le cœur brisé par la mort de leur femme, et chacun le sait plus ou moins. Mais chez lui c'était trop flagrant.

Mon expression n'eut pas l'air de le contrarier.

— Et cela ne vous gêne pas du tout que votre femme se soit suicidée ? répliquai-je vivement.

— Je ne crois pas vraiment qu'elle se soit suicidée, répondit-il, songeur. C'est très peu probable...

— Mais alors, d'après vous, qu'est-il arrivé ?

— Je ne sais pas. Et je ne tiens pas... à le savoir. Vous comprenez ?

Ses yeux étaient durs et froids. Et il répéta :

— Je ne tiens pas à le savoir. Cela... ne m'intéresse pas. Compris ?

Je comprenais, mais cela ne me plaisait pas.

J'ai du mal à situer le moment où je remarquai que Stephen Norton semblait préoccupé. Il était resté très silencieux après l'enquête et, après les funérailles, il continua à marcher de long en large, les yeux rivés au sol et les sourcils froncés. Il avait pris l'habitude de passer la main dans ses cheveux, qui étaient gris et courts, jusqu'à les avoir dressés sur la tête comme ceux d'un clown. C'était comique mais tout à fait inconscient et signe de perplexité. Il répondait distraitement quand on lui parlait et je finis par comprendre qu'un souci le tourmentait. Je fis une tentative et lui demandai s'il avait par hasard reçu de mauvaises nouvelles. Il répondit aussitôt par la négative, et le chapitre fut provisoirement clos.

Cependant, un peu plus tard, de façon maladroite et détournée, il parut vouloir me demander mon opinion sur ce qui, apparemment, le tracassait.

En balbutiant un peu, comme toujours lorsqu'il était sérieux, il s'embarqua dans une histoire compliquée centrée sur un point de morale :

— Vous savez, Hastings, il devrait être terriblement simple de décréter si une chose est bonne ou mauvaise, mais en fait cela ne va pas toujours de soi. Je veux dire, on peut tomber tout à fait par hasard sur... sur un message... un spectacle... un renseignement... quelque chose qui ne vous est pas destiné, qui ne vous concerne en rien, comprenez-vous, le genre de chose dont vous ne pourriez vous-même tirer le moindre profit mais qui pourrait, pour d'autres que vous, revêtir une importance capitale. Vous voyez ce que je veux dire ?

— Pas très bien, j'en ai peur, avouai-je.

209

Norton fronça de nouveau les sourcils, se passa de nouveau la main dans les cheveux, lesquels restèrent dressés sur sa tête à leur manière comique habituelle.

— C'est tellement difficile à expliquer. Supposez, par exemple... – mais entendons-nous bien : il ne s'agit que d'un exemple –, supposez, disais-je, qu'il vous arrive de lire un détail intime dans une lettre... une lettre destinée à quelqu'un d'autre et que vous avez ouverte par inadvertance... Vous avez commencé à la lire parce que vous pensiez qu'elle vous était adressée et, avant de vous rendre compte de votre erreur, vous avez lu quelque chose que vous n'auriez pas dû. Ça peut arriver, vous savez... ce genre de bévue.

— Oh ! oui, sans aucun doute.

— Ma foi, dans ce genre de circonstances, que peut-on faire ?

— Eh bien, répondis-je, j'imagine qu'on peut aller trouver le vrai destinataire et lui déclarer : « Je suis désolé, j'ai ouvert cette lettre par erreur. »

Norton soupira. Ce n'était pas aussi simple que ça :

— Vous comprenez, Hastings, vous auriez pu tomber sur un détail extrêmement embarrassant... je veux dire : très compromettant.

— Compromettant pour le destinataire, si je vous suis bien ? Dans ce cas, il serait bon que vous prétendiez ne l'avoir pas lu et avoir découvert votre erreur à temps, non ?

— Oui, répondit Norton après un silence.

Mais cette solution ne paraissait cependant pas le satisfaire.

— Si seulement je savais quel parti prendre ! ajouta-t-il avec abattement.

Je déclarai que je ne voyais vraiment pas ce que l'on pouvait faire d'autre. À quoi Norton répliqua, la perplexité toujours gravée sur son front :

— Comprenez-vous, Hastings, ce n'est pas tout. Supposez que ce que vous avez lu soit… ma foi, très important pour le destinataire de la… de la lettre… mais aussi pour… pour une tierce personne.

— Vraiment, Norton, m'emportai-je, perdant patience, je ne vois pas où vous voulez en venir. Vous ne pouvez pas lire ainsi les lettres adressées aux autres…

— Non, non, bien sûr que non. Je ne voulais pas dire ça. De toute façon, il ne s'agit pas du tout d'une lettre. C'était seulement pour essayer de vous expliquer le genre de situation dans laquelle je me trouve. Évidemment, tout ce que vous pouvez voir, entendre ou lire par hasard, vous le gardez pour vous, à moins que…

— À moins que quoi ?

— À moins qu'il s'agisse d'un fait d'une gravité telle que vous vous *devriez* de le révéler…, répliqua lentement Norton.

Je le regardai, mon intérêt soudain éveillé.

— Bon, écoutez, poursuivit-il : supposez que vous… que vous regardiez par… par un trou…

211

oui, par un trou de serrure et que vous surpreniez une scène hautement compromettante...

Les trous de serrures me firent penser à Poirot ! Norton continua à bafouiller :

— Je veux dire que vous pourriez avoir une très bonne raison de regarder par le trou de la serrure : la clé pourrait être bloquée et vous chercheriez à voir pourquoi et comment... ou bien... ou bien pour une autre bonne raison que je laisse à votre imagination... et vous ne vous seriez pas du tout attendu à voir ce que vous avez vu...

Je perdis un instant le fil de ses bafouillages, car je venais de comprendre en me rappelant ce jour où, sur une butte herbeuse, Norton avait levé ses jumelles sur un pic épeiche. Je me souvenais de son embarras et de ses efforts pour m'empêcher de me servir moi aussi de ses jumelles. À ce moment-là, j'en avais conclu que ce qu'il avait vu était en rapport avec *moi*, qu'en fait il s'agissait d'Allerton et de Judith. Et si cela n'avait pas été le cas ? Et s'il avait surpris un spectacle tout à fait différent ? J'avais cru qu'il s'agissait d'Allerton et de Judith parce que j'étais si obsédé par eux à ce moment-là que je ne pouvais penser à rien d'autre.

— S'agit-il, l'interrogeai-je brusquement, de quelque chose que vous auriez vu avec vos jumelles ?

Norton fut à la fois stupéfait et soulagé :

— Dites-moi, Hastings, comment avez-vous deviné ?

— Ça s'est passé ce jour où nous nous sommes promenés avec Elizabeth Cole, n'est-ce pas ?

— Oui, c'est bien ça.

— Et vous ne vouliez pas me le laisser voir ?

— Non. Ce n'était pas... enfin, ce n'était pas destiné à être vu par qui que ce soit.

— De quoi s'agissait-il ?

Norton fronça de nouveau les sourcils :

— C'est toute la question. Dois-je le dire ? C'était... enfin, c'était comme si j'avais espionné. J'ai en effet surpris une scène que je n'étais pas censé voir. Je ne l'avais pas cherché... il y avait véritablement un pic épeiche... un très beau spécimen... et c'est alors que j'ai vu... l'autre chose.

Il s'arrêta. J'étais curieux, je mourais de curiosité, mais je respectais ses scrupules. Je lui demandai :

— C'était... quelque chose d'important ?

— Ça pourrait l'être infiniment, répondit-il en réfléchissant. C'est toute la question. Je n'en sais rien.

— Est-ce que ça a un rapport avec la mort de Mme Franklin ?

Il sursauta :

— C'est bizarre que vous ayez pensé à ça.

— Alors, c'est le cas ?

— Non... non, pas directement. Mais cela se pourrait. Cela jetterait une tout autre lumière sur certains détails. Cela voudrait dire que... Oh ! Et puis, flûte ! Je ne sais pas quoi faire !

213

C'était un véritable dilemme. J'étais dévoré de curiosité, mais je voyais bien que Norton répugnait à dire ce qu'il avait vu. Je pouvais le comprendre. À sa place, je n'aurais pas réagi autrement. Il est toujours déplaisant d'être en possession d'un renseignement que le monde extérieur jugera acquis de façon douteuse.

Soudain, il me vint une idée :

— Pourquoi ne pas consulter Poirot ?

— Poirot ? répéta Norton, un peu sceptique.

— Oui, demandez-lui son avis.

— Ma foi, répondit Norton en réfléchissant, c'est une idée. Seulement, évidemment, c'est un étranger... et...

Il s'arrêta, embarrassé.

Je savais ce qu'il avait en tête. Les remarques cinglantes de Poirot sur la nécessité de « jouer franc-jeu » ne m'étaient que trop connues. Je me demandais seulement si Poirot avait jamais songé à se servir lui-même de jumelles ! Il l'aurait certainement fait s'il y avait pensé.

— Il respecterait vos confidences, insistai-je. Et vous ne seriez pas obligé de suivre ses conseils.

— C'est juste, répondit Norton dont le front s'éclaircit. Vous savez, Hastings, je crois bien que c'est ce que je vais faire.

Je fus très surpris par la réaction instantanée de Poirot quand je lui rapportais ma conversation avec Norton :

— Qu'est-ce que vous me chantez là, Hastings ?

Il laissa tomber le petit morceau de toast qu'il portait à sa bouche et se pencha vers moi :

— Racontez. Racontez-moi vite.

Je recommençai mon histoire.

— Il a surpris ce jour-là avec ses jumelles une scène hautement compromettante, répéta Poirot, songeur. Une scène qu'il n'aurait pas dû voir et dont il ne veut pas vous parler... Il n'en a fait part à personne d'autre ? me demanda-t-il en m'agrippant par le bras.

— Je ne pense pas. Non, je suis sûr que non.

— Soyez très prudent, Hastings. Il est indispensable qu'il n'en parle à personne... il ne doit même pas y faire allusion. Le contraire pourrait être dangereux.

— Dangereux ?

— Très dangereux.

Poirot avait le visage grave :

— Arrangez-vous avec lui, mon ami, pour qu'il vienne me voir ce soir. Juste une visite amicale. Ne laissez personne penser qu'il a un motif particulier. Et soyez prudent, Hastings, très, très prudent. Qui donc, était avec vous ce jour-là ?

— Elizabeth Cole.

— Avait-elle remarqué quelque chose de bizarre dans son comportement ?

— Je ne sais pas. Peut-être. Dois-je lui demander si...

— Vous ne lui demanderez rien du tout, Hastings. Absolument rien.

215

16

Je transmis à Norton le message de Poirot.

— Je monterai le voir, bien entendu. Cela me fera plaisir. Mais vous savez, Hastings, je regrette maintenant d'en avoir parlé, même à vous.

— À propos, en auriez-vous parlé à quelqu'un d'autre ?

— Non... du moins... non, bien sûr que non.

— Vous en êtes sûr et certain ?

— Oui, oui. Je n'en ai rien dit à personne.

— C'est bien, ne le faites pas. Pas avant d'avoir vu Poirot.

J'avais remarqué sa légère hésitation. Plus tard, je devais me rappeler cette légère hésitation.

Je retournai sur le petit tertre herbeux où nous avions été ce jour-là. Quelqu'un d'autre s'y trouvait déjà. Elizabeth Cole. Elle tourna la tête vers moi :

— Vous avez l'air surexcité, capitaine Hastings, me dit-elle. Il y a du nouveau ?

J'essayai de me calmer :

— Non, non, rien du tout. Je suis simplement hors d'haleine parce que j'ai marché très vite... Il va pleuvoir, ajoutai-je du ton banal de la conversation.

Elle leva les yeux vers le ciel :

— Oui, je le crois aussi.

Nous restâmes silencieux un instant. Il y avait, chez cette femme, un je-ne-sais-quoi que je trouvais très touchant. Je m'intéressais à elle depuis qu'elle m'avait dit qui elle était réellement et raconté la tragédie qui avait détruit sa vie. Le malheur crée un lien entre ceux qui ont souffert. Cependant, pour ce qui la concernait, je soupçonnais qu'un second printemps l'attendait. Sur une impulsion, je lui avouai :

— Bien loin d'être surexcité, je suis très déprimé aujourd'hui. Les nouvelles sont mauvaises pour mon cher ami.

— Pour M. Poirot ?

Sa compassion m'incita à me délivrer de mon fardeau.

Quand j'eus terminé, elle me dit doucement :

— Je vois. Ainsi... la fin peut survenir d'un instant à l'autre.

Je hochai la tête, incapable de parler.

Au bout d'un moment, je repris :

— Quand il sera parti, je serai absolument seul.

— Oh ! mais non, vous avez Judith... et vos autres enfants.

— Ils sont dispersés de par le monde, et Judith... eh bien, elle a son travail, elle n'a pas besoin de moi.

— J'ai idée que, tant qu'ils n'ont pas d'ennuis, les enfants n'ont jamais besoin de leurs parents. Il faut considérer cela comme une loi fondamentale de la nature. Quant à moi, je suis beaucoup plus seule que vous. Mes deux sœurs sont loin, l'une en Amérique, l'autre en Italie.

— Ma chère enfant, votre vie ne fait que commencer.

— À 35 ans ?

— Qu'est-ce que c'est que 35 ans ? J'aimerais bien avoir 35 ans... Et je suis loin d'être aveugle, vous savez, ajoutai-je malicieusement.

Elle me jeta un coup d'œil interrogateur, puis rougit :

— Vous ne pensez pas... Oh ! Stephen Norton et moi ne sommes que des amis. Nous avons beaucoup en commun...

— Tant mieux.

— Il est... il est extraordinairement gentil, c'est tout.

— Oh ! mon enfant, répliquai-je. Ne prenez pas ça pour de la simple gentillesse. Nous autres hommes ne sommes pas faits ainsi.

Mais Elizabeth Cole était soudain devenue très pâle. À voix basse et tendue, elle répliqua :

— Vous êtes cruel... aveugle ! Comment pourrai-je jamais penser à... au mariage ? Connaissant mon histoire. Sachant que ma sœur est une meurtrière... ou alors, une folle. Je ne sais pas ce qui est pire.

— Ne laissez pas cette idée vous ronger. N'oubliez pas que ce n'est peut-être pas la réalité.

— Que voulez-vous dire ? C'est la triste réalité.

— Vous ne vous rappelez pas m'avoir dit un jour : « Ce n'était pas Maggie » ?

Elle reprit sa respiration :

— C'était une simple intuition.

— Les intuitions sont souvent justes.

Elle ouvrit de grands yeux :

— Qu'entendez-vous par là ?

— Votre sœur n'a pas tué votre père, déclarai-je.

Elle porta la main à sa bouche. Puis elle me regarda, effrayée, les yeux écarquillés.

— Vous êtes fou, dit-elle. Qui vous a dit ça ?

— Peu importe, répondis-je. C'est la vérité. Un jour, je vous le prouverai.

Près de la maison, je tombai sur Boyd Carrington.

— C'est ma dernière soirée, me dit-il. Je m'en vais demain.

— Vous partez pour Knatton ?

— Oui.

— Ça va être pour vous une expérience passionnante.

— Ah, oui ? Sans doute… Quoi qu'il en soit, Hastings, ajouta-t-il en soupirant, j'aime autant vous dire que je suis bien content de partir.

— Il faut reconnaître que la nourriture ici est assez déplorable et que le service laisse à désirer.

— Je ne pensais pas à ça. Après tout, c'est bon marché et on ne peut pas attendre beaucoup de ces pensions de famille. Non, Hastings, il ne s'agit pas d'un simple inconfort. Je n'aime pas l'atmosphère de cette maison… elle est pernicieuse. Il flotte ici comme une sorte de malédiction.

219

— Sans aucun doute.

— Je ne sais pas ce que c'est. Peut-être que lorsqu'un meurtre a eu lieu dans une maison, celle-ci n'est plus jamais la même... Bref, tout cela ne me plaît pas. D'abord l'accident de Mme Luttrell... une sacrée malchance, n'est-ce pas ? Et puis cette pauvre petite Barbara... D'après moi, la personne au monde la moins prédisposée au suicide, ajouta-t-il après un silence.

J'hésitai, puis :

— Ma foi, je ne peux pas me prononcer...

Il m'interrompit :

— Eh bien, moi si. Bon Dieu ! j'ai passé presque toute la journée de la veille avec elle. Elle était de bonne humeur et ravie de notre balade. Le seul point qui la préoccupait, c'était de savoir si John ne s'abîmait pas trop dans ses expériences, s'il ne travaillait pas trop et ne serait pas un jour capable d'essayer toutes ces cochonneries sur lui-même. Vous savez ce que je pense, Hastings ?

— Non.

— Je pense que son satané mari est responsable de sa mort. Il n'arrêtait pas de l'enquiquiner. Avec moi, elle était toujours heureuse. Lui, il lui faisait comprendre qu'elle entravait sa précieuse carrière – je t'en ficherais, moi, de la carrière ! – et elle a fini par s'effondrer. Bougrement insensible, ce type. Il n'a pas sourcillé. Il m'a dit froidement qu'il allait maintenant partir pour l'Afrique. Vous savez, Hastings, en vérité je ne serais pas étonné d'apprendre qu'il l'a assassinée.

— Vous ne pensez pas ce que vous dites ! répliquai-je vivement.

— Non, non... pas vraiment. Mais surtout parce que, s'il l'avait assassinée, il s'y serait pris autrement. Tout le monde sait qu'il travaillait sur ce truc... la physostigmine... alors, en bonne logique il ne se serait pas servi de ça s'il avait voulu la tuer. N'empêche, Hastings, je ne suis pas le seul à penser que Franklin est un personnage pas très net. Je le tiens de quelqu'un qui est bien placé pour le savoir.

— Et de qui ? demandai-je vivement.

Boyd Carrington baissa la voix :

— De Mlle Craven.

— Quoi ? m'exclamai-je, très surpris.

— Chut ! Ne criez pas. Oui, c'est Mlle Craven qui m'a mis cette idée en tête. C'est une fille intelligente, vous savez, qui n'a pas les yeux dans sa poche. Elle n'aime pas Franklin... elle n'a jamais pu le souffrir.

Vraiment ? Moi, j'aurais dit que c'était plutôt sa patiente que Mlle Craven ne pouvait pas supporter. Il me vint tout à coup à l'idée que Mlle Craven devait en savoir long sur le ménage Franklin.

— Elle sera ici ce soir, dit Boyd Carrington.

— Comment ?

J'étais plutôt surpris. Mlle Craven était partie aussitôt après les funérailles.

— Juste pour une nuit, entre deux places, précisa Boyd Carrington.

— Je vois.

221

Je n'aurais su dire pourquoi, mais l'arrivée de Mlle Craven ne laissait pas de me troubler. Y avait-il une raison à ce retour ? Elle n'aimait pas Franklin, avait dit Carrington...

Comme pour me rassurer, je m'écriai avec une soudaine véhémence :

— Elle n'a pas le droit d'insinuer des horreurs à propos de Franklin. Après tout, c'est son témoignage qui a permis d'établir le suicide. Le sien, et celui de Poirot qui avait vu Mme Franklin sortir du laboratoire, un flacon à la main.

— Qu'est-ce qu'un flacon ? riposta Boyd Carrington. Les femmes transportent toujours des flacons : des flacons de parfum, de lotions capillaires, de vernis à ongles. Votre fille se baladait avec un flacon dans la main ce soir-là... cela ne signifie pas qu'elle pensait au suicide, non ? Ridicule !

Il s'interrompit parce qu'Allerton venait vers nous. Tout à fait à propos, un roulement de tonnerre mélodramatique se fit entendre au loin. Je me dis, comme je l'avais déjà souvent fait, qu'Allerton était décidément tout indiqué pour le rôle du coupable.

Cela dit, il était absent de la maison la nuit où Barbara était morte. Et, d'autre part, quel mobile aurait-il bien pu avoir ?

Oui, mais X n'avait jamais eu de mobile, lui non plus. C'était ce qui faisait sa force. C'était la raison, et la seule, qui nous empêchait d'y voir clair. Et pourtant, à tout moment, une lueur pouvait surgir...

222

J'aimerais, ici et maintenant, déclarer que je n'avais jamais, durant toute cette histoire, envisagé un instant que Poirot pouvait échouer. Je n'avais jamais songé que X pourrait sortir vainqueur. Mon ami, en dépit de sa faiblesse et de sa mauvaise santé, avait, selon moi, potentiellement l'avantage. J'avais l'habitude, comprenez-vous, de ses succès.

Ce fut Poirot lui-même qui, le premier, me mit le doute en tête.

En descendant dîner, je m'arrêtai chez lui. J'ai oublié comment il en est venu à prononcer cette phrase : « S'il m'arrivait quelque chose. »

Je m'insurgeai. Rien n'arriverait, rien ne pouvait arriver.

— Eh bien, dans ce cas, vous n'avez pas écouté très attentivement ce que vous a dit le Dr Franklin.

— Qu'est-ce qu'il en sait, Franklin ? Vous avez encore de longues années devant nous, Poirot.

— C'est possible, mon ami, quoique extrêmement improbable. Cependant, pour l'instant, je ne parle pas dans un sens général, mais dans un sens très particulier. Bien que ma fin puisse être très proche, pour notre ami X elle peut ne pas l'être encore assez.

— Comment cela ? m'écriai-je, choqué.

Poirot hocha la tête :

— Mais oui, Hastings. Après tout, X est intelligent. Très intelligent. Et X ne peut pas manquer de percevoir que mon élimination, même si elle ne devait précéder une mort naturelle que de quelques jours, pourrait lui être d'un inestimable avantage.

— Mais alors... mais alors... que se passerait-il ? demandai-je, ahuri.

— Quand un officier tombe face à l'ennemi, mon cher, son second prend le commandement. Vous poursuivriez ma tâche.

— Mais comment ? Je nage en plein brouillard.

— J'ai tout prévu. S'il m'arrivait quelque chose, mon ami, vous trouveriez ici, dit-il en tapotant le porte-documents fermé à clé qui se trouvait à côté de lui, toutes les indications dont vous auriez besoin. J'ai envisagé tous les cas de figure.

— Je ne vois pas la nécessité de tant de complications. Dites-moi tout bonnement dès maintenant ce que j'ai besoin de savoir.

— Non, mon ami. Le fait que vous ne sachiez pas ce que je sais est un atout précieux.

— Vous avez rédigé un compte rendu clair et détaillé de la situation ?

— Certainement pas. X pourrait s'en emparer.

— Mais alors, qu'est-ce que vous m'avez laissé ?

— Des indications qui, soyez-en sûr, n'auront aucune signification pour X mais qui vous conduiront à la découverte de la vérité.

— Je n'en suis pas si sûr. Pourquoi avez-vous l'esprit aussi tortueux, Poirot ? Vous n'aimez rien tant que compliquer les choses. Vous l'avez toujours fait !

— Et maintenant, c'est devenu une manie, c'est ce que vous pensez ? Peut-être bien. Mais soyez tranquille, mes indications vous mèneront à la vérité. Peut-être alors, reprit-il après un silence, oui, peut-être alors souhaiterez-vous qu'elles ne vous aient pas conduit si loin. Et qui sait si, au lieu de vous réjouir, vous n'irez pas jusqu'à vous écrier : « Baissez le rideau ! »

Quelque chose, dans son intonation, réveilla en moi cette vague terreur informulée que j'avais déjà ressentie quelquefois. Comme si quelque part, tout juste cachée à ma vue, se trouvait une vérité que je ne voulais pas voir, que je ne pouvais pas supporter de reconnaître. Une vérité que, au plus profond de moi-même, je *connaissais* déjà...

Je chassai cette pensée et descendis pour passer à table.

17

Le dîner fut plutôt joyeux. Mme Luttrell était réapparue, plus énergique et faussement irlandaise que dans ses meilleurs jours. Quant à Franklin, jamais je n'aurais osé l'imaginer aussi animé et plein d'entrain. Pour la première fois, je voyais Mlle Craven sans son uniforme d'infirmière et, maintenant qu'elle avait laissé de côté sa réserve professionnelle, c'était indubitablement une jeune femme très séduisante.

Après le dîner, Mme Luttrell proposa un bridge, mais on lui préféra des jeux de société. Vers 21 h 30, Norton manifesta l'intention de monter voir Poirot.

— Bonne idée, approuva Boyd Carrington. J'y vais aussi. Je suis désolé de le voir si mal depuis ces derniers jours.

Il fallait que je réagisse vite.

— Écoutez, dis-je, si ça ne vous ennuie pas... ça le fatigue trop de parler à plus d'une personne à la fois.

Norton saisit la balle au bond :

— J'ai promis de lui apporter un livre sur les oiseaux.

— Bon, dit Boyd Carrington. Vous redescendrez, Hastings ?

— Oui.

Je montai avec Norton. Poirot nous attendait. Après avoir échangé quelques mots avec lui, je redescendis. Nous entamâmes une partie de rami.

Je crois que Boyd Carrington supportait mal l'atmosphère insouciante de Styles ce soir-là. Il trouvait sans doute que la tragédie était encore trop récente pour qu'on l'oublie. Il était distrait, ne savait jamais très bien ce qu'il faisait, et finit par s'excuser et se retirer du jeu. Il alla ouvrir la fenêtre. On entendit le tonnerre rouler au loin. Il devait y avoir un orage quelque part, qui ne nous avait pas encore atteint. Il referma la fenêtre, revint vers nous et resta un moment à nous regarder jouer. Puis il quitta les lieux. Je montai me coucher à 22 h 45. Je n'entrai pas chez Poirot : Il dormait sans doute. De plus, je n'avais pas envie de penser encore à Styles et à ses problèmes. Je voulais dormir. Dormir et oublier.

J'étais à peine assoupi qu'un bruit me réveilla. Je crus d'abord qu'on frappait à ma porte. Comme je n'obtenais pas de réponse à mon « Entrez ! », j'allumai, me levai et allai voir ce qui se passait dans le couloir.

Je vis Norton qui sortait de la salle de bains et retournait chez lui. Il portait une robe de chambre à carreaux d'une couleur particulièrement hideuse et ses cheveux rebiquaient comme d'habitude. Il entra dans sa chambre, ferma la porte et, immédiatement après, je l'entendis tourner la clé dans la serrure.

Un sourd roulement de tonnerre retentit. L'orage se rapprochait.

Je retournai au lit avec un léger sentiment de malaise provoqué par le bruit de cette clé tournant dans la serrure.

Il m'évoquait vaguement de sinistres possibilités. Norton avait-il l'habitude de s'enfermer à clé la nuit ? Poirot lui avait-il conseillé de le faire ? Je me rappelai soudain, non sans inquiétude, que la clé de la porte de Poirot avait mystérieusement disparu.

Couché, et l'orage ajoutant encore à ma nervosité, je sentis aussitôt croître mon malaise. Je finis par me lever et par aller fermer ma propre porte à clé. Puis je retournai au lit et m'endormis.

Avant de descendre prendre mon petit déjeuner, j'entrai chez Poirot.

Il était au fond de son lit. Je fus de nouveau frappé de voir à quel point il avait l'air malade. Son visage était creusé de profonds sillons de fatigue.

— Comment allez-vous, mon vieux ?

Il me décocha un sourire résigné :

— Je suis en vie, mon ami. Je suis encore en vie.

— Vous ne souffrez pas ?

— Non… je suis juste… fatigué… très fatigué, répondit-il avec un soupir.

Je hochai la tête :

— Et hier soir ? Norton vous a dit ce qu'il avait vu ce jour-là ?

— Il me l'a dit, oui.

— Qu'est-ce que c'était ?

Poirot me regarda pensivement, avant de répliquer :

— Je ne suis pas sûr, Hastings, que je serais fort avisé de vous le répéter. Vous pourriez l'interpréter de travers.

— De quoi parlez-vous ?

— Norton m'a dit qu'il avait vu deux personnes…

— Judith et Allerton ! m'écriai-je. C'est ce j'ai toujours pensé.

— Eh bien, non. Pas Judith et Allerton. Ne vous avais-je pas prévenu que vous risquiez de vous méprendre ? Vous êtes l'homme d'une seule idée !

— Excusez-moi, murmurai-je, un peu confus. Alors, qui ?

— Je vous en ferai part demain. Je dois d'abord réfléchir à bien des choses.

— Est-ce que... est-ce que cette information vous a été utile ?

Poirot hocha la tête, ferma les yeux et se radossa à ses oreillers.

— L'affaire est terminée. Oui, elle est terminée. Il ne me reste que quelques détails à régler. Descendez prendre votre petit déjeuner, mon ami. Et en sortant, envoyez-moi Curtiss.

En bas, je cherchai Norton. J'étais très curieux de savoir ce qu'il avait dit à Poirot.

Je me sentais toujours frustré. Le manque d'allégresse chez Poirot me frappait désagréablement. Pourquoi ce secret persistant ? Pourquoi cette profonde et inexplicable tristesse ? Où était la vérité dans tout ça ?

Norton n'apparut pas au petit déjeuner.

J'allai ensuite faire quelques pas dans le parc. L'air était frais après l'orage. Je remarquai qu'il avait plu abondamment. Boyd Carrington était sur la pelouse. Je fus heureux de le voir et j'aurais aimé pouvoir le mettre dans la confidence. J'en avais toujours eu envie et j'étais très tenté de le faire maintenant. Poirot n'était pas en mesure de tout prendre sur lui.

Ce matin-là, Boyd Carrington me parut si plein de vie, si sûr de lui, que je me sentis réconforté et rassuré.

— Vous n'êtes pas matinal, aujourd'hui, me dit-il.

— Je me suis réveillé très tard.

— Vous avez entendu l'orage, cette nuit ?

Je me rappelai soudain avoir eu conscience de roulements de tonnerre pendant mon sommeil.

— Je ne me sentais pas très bien, hier soir, remarqua Boyd Carrington. Ça va mieux maintenant, ajouta-t-il en s'étirant et en bâillant.

— Où est Norton ?

— Je crois qu'il n'est pas encore levé. Sacré flemmard !

Comme d'un commun accord, nous levâmes les yeux. Nous nous trouvions juste sous la chambre de Norton. Je sursautai. De toutes les fenêtres de la façade, celles de Norton étaient les seules à avoir encore les volets fermés.

— C'est bizarre, remarquai-je. Vous pensez qu'on a oublié de l'appeler ?

— Étrange, en effet. J'espère qu'il n'est pas malade. Allons voir.

Nous montâmes ensemble. La femme de chambre, une fille à l'air assez stupide, était dans le couloir. À notre question, elle répondit que M. Norton n'avait pas réagi quand elle avait frappé. Et la porte était fermée à clé.

Un affreux pressentiment s'empara de moi. Je frappai très fort tout en criant :
— Norton ! Norton ! Réveillez-vous !
Puis de nouveau, avec un malaise grandissant :
— Réveillez-vous !...

Quand il fut clair que nous n'obtiendrions pas de réponse, nous allâmes trouver le colonel Luttrell. Il nous écouta, une vague inquiétude perceptible dans ses yeux bleus. Hésitant, il tira sur sa moustache.

Toujours prompte à prendre des décisions, Mme Luttrell, elle, n'hésita pas une seconde :
— Il va falloir ouvrir cette porte par n'importe quel moyen. Il n'y a rien d'autre à faire.

Pour la seconde fois de mon existence, je vis enfoncer une porte à Styles. Et derrière cette porte je fus confrontée à la même scène que vingt ans auparavant : le spectacle d'une mort violente.

Norton était allongé sur son lit, en robe de chambre. La clé de sa porte était dans sa poche. Dans sa main se trouvait un petit revolver, guère plus grand qu'un jouet mais tout à fait capable de remplir son rôle. Et il avait un petit trou très exactement au beau milieu du front.

La scène me fit penser à quelque chose que, sur le moment, je n'arrivai pas à me rappeler. Un souvenir certainement très ancien...

J'étais trop fatigué pour fouiller ma mémoire.

J'entrai chez Poirot.

— Que s'est-il passé ? s'écria-t-il avec impétuosité dès qu'il me vit. Norton… ?

— Mort !

— Comment ? Quand ?

Je le lui expliquai brièvement et je conclus d'un air las :

— Ils disent que c'est un suicide. Que pourrait-on dire d'autre ? La porte était fermée à clé. Les volets étaient clos. La clé était dans sa poche. Tiens ! Je l'ai même vu entrer dans sa chambre et je l'ai entendu fermer sa porte à double tour !

— Vous l'avez *vu*, Hastings ?

— Oui, hier soir.

Je le lui expliquai.

— Vous êtes sûr qu'il s'agissait bien de Norton ?

— Évidemment. Impossible de ne pas reconnaître son horrible robe de chambre.

Pour un instant, Poirot redevint soudain lui-même :

— Ah ! mais c'est un *homme* que vous êtes censé identifier, pas une *robe de chambre*. Après tout, une robe de chambre, n'importe qui peut l'endosser !

— Il est vrai, remarquai-je en réfléchissant, que je n'ai pas vu son visage. Mais il s'agissait bien de ses cheveux, et quant à cette légère claudication…

— Tout le monde peut faire semblant de boiter, nom d'un petit bonhomme !

— Seriez-vous en train de suggérer, dis-je, stupéfait, que *ce n'était pas* Norton que j'ai vu ?

— Je ne veux rien vous suggérer de tel. Je suis seulement agacé par votre manque de rigueur scientifique. Non, non, je n'insinue pas que ce n'était pas lui. Ce serait difficile parce que les hommes, ici, sont tous grands – beaucoup plus grands que lui – et déguiser sa taille, ça non, ce n'est pas possible. Norton ne devait pas faire plus de 1,65 m, à mon avis. Mais tout de même... On dirait un tour de prestidigitation, non ? Il entre dans sa chambre, ferme la porte à clé, met la clé dans sa poche et on le retrouve mort avec un trou dans la tête, pistolet en main et la clé dans sa poche !

— Alors vous ne croyez pas au suicide ?

Poirot secoua lentement la tête :

— Non, mon cher. Norton ne s'est pas suicidé. Il a été froidement assassiné.

Je descendis, ahuri. L'événement était si inexplicable qu'on me pardonnera, je l'espère, de n'avoir pas prévu ce qui devait inévitablement suivre. J'avais l'esprit égaré. J'étais incapable de réfléchir normalement.

Et pourtant, c'était si logique... Norton avait été tué... pourquoi ? Pour éviter, du moins c'est ce que je pensais, qu'il raconte ce qu'il avait vu.

Mais il avait confié ce qu'il savait à quelqu'un d'autre.

Donc, cette autre personne était, elle aussi, en danger...

Et non seulement en danger, mais sans défense.

J'aurais dû le savoir.
J'aurais dû le prévoir...

« Mon cher ami ! » m'avait murmuré Poirot quand j'avais quitté sa chambre.

C'étaient les derniers mots que je devais l'entendre prononcer. Car, quand Curtiss arriva pour s'occuper de son maître, il le trouva mort...

18

Je n'écrirai rien à ce propos.

Je souhaite, vous le comprendrez, y penser le moins possible. Hercule Poirot était mort... et avec lui une bonne partie d'Arthur Hastings.

Je vous donnerai simplement les faits, sans fioritures. C'est tout l'effort auquel je me sens capable de consentir.

Il était mort, avait-on affirmé, de mort naturelle. Autrement dit, il avait succombé à une crise cardiaque. C'était ainsi que, d'après le Dr Franklin, il fallait s'attendre à le voir mourir. Sans aucun doute, la mort de Norton avait représenté un choc suffisant. Et, par je ne sais quelle négligence, il semblait que ses ampoules de nitrite d'amyle n'aient pas été près de son lit.

S'agissait-il vraiment d'une négligence ? Quelqu'un ne les lui avait-il pas, au contraire, délibérément enlevées ? Non, il avait fallu davantage encore. X ne pouvait pas simplement compter sur une crise cardiaque.

Car, voyez-vous, je refuse de croire que la mort de Poirot ait été naturelle. Il a été assassiné, comme Norton a été assassiné, comme Barbara Franklin a été assassinée. Et je ne sais ni *pourquoi* ils ont été assassinés... ni *qui* les a assassinés !

La mort de Norton donna lieu à une enquête et l'on a conclu à un suicide. Le seul point litigieux fut soulevé par le médecin légiste qui fit remarquer qu'il était tout à fait inhabituel de se tirer une balle en plein milieu du front. Mais ce fut la seule ombre au tableau. Le reste était si clair : la porte fermée de l'intérieur, la clé dans la poche du mort, les volets soigneusement tirés, le pistolet dans la main. Norton s'était plaint de maux de tête, et il avait récemment fait des investissements malheureux. Il s'agissait certes là de raisons un peu minces pour se donner la mort, mais il fallait bien avancer une explication.

Apparemment, le pistolet lui appartenait. La femme de chambre l'avait aperçu une fois sur sa table de nuit.

Et voilà. Encore un crime dont la merveilleuse mise en scène interdisait le doute.

X avait remporté son duel contre Poirot.

C'était à moi de jouer maintenant.

J'allai dans la chambre de Poirot chercher son porte-documents.

Je savais qu'il m'avait désigné comme son exécuteur testamentaire, j'avais donc parfaitement le droit de le faire. Il portait la clé de la mallette autour du cou.

De retour dans ma chambre, je l'ouvris.

À l'instant même, je reçus un choc. *Les dossiers des affaires X n'y étaient plus*. Je les y avais vus à peine un jour ou deux avant, quand Poirot l'avait ouverte. C'était bien la preuve, si nécessaire, que X avait été à l'œuvre. Ou Poirot avait détruit ces papiers lui-même – ce qui était fort improbable – ou c'était X qui l'avait fait.

X... X... Ce satané démon de X !

Mais le porte-documents n'était pas vide. Je me rappelai que Poirot m'avait promis de me laisser d'autres indications que X ne pourrait déchiffrer.

Où étaient ces indications ?

Il y avait là un exemplaire de l'*Othello* de Shakespeare, dans une édition bon marché. Et un autre ouvrage, *John Ferguson*, la pièce de St John Ervine. Avec, dans celui-ci, un signet au troisième acte.

Je contemplai ces deux livres, hébété.

Là se trouvaient les indices que Poirot m'avait laissés... et ils n'avaient aucun sens pour moi !

Que pouvaient-ils bien signifier ?

Un *code* fondé sur ces pièces ? C'était la seule idée qui me venait à l'esprit.

Mais ce code, si tel était le cas, comment y accéder ?

Aucun mot, aucune lettre n'était souligné nulle part. Avec précaution, j'essayai la chaleur... sans succès.

Je lus attentivement le troisième acte de *John Ferguson*. C'est là que se trouve la scène admirable où Clutie John, le « demeuré », se lance dans un long monologue et où, à la fin, le jeune Ferguson part à la recherche de l'homme qui a déshonoré sa sœur. Il s'agit indubitablement d'une remarquable peinture de caractères, mais il m'était difficile de croire que Poirot avait voulu par là affiner mon goût littéraire !

Et puis, comme je tournais les pages, un morceau de papier en tomba. Il portait une phrase, écrite de la main de Poirot : *Adressez-vous à George, mon valet*.

Bon, ça, c'était enfin du concret. Peut-être que la clé du code – si code il y avait – avait été confiée à l'incomparable George. Je devais me procurer son adresse et lui rendre visite.

Mais je devais d'abord m'occuper de la triste besogne qui consistait à enterrer mon ami.

C'était ici qu'il avait vécu quand il était arrivé pour la première fois dans ce pays. C'était ici qu'il reposerait pour l'éternité.

Judith fut très bonne pour moi en ces circonstances douloureuses.

Elle me consacra beaucoup de son temps et m'aida à tout organiser. Elle se montra bienveillante et compatissante. Elizabeth Cole et Boyd Carrington furent très gentils eux aussi.

Elizabeth Cole avait paru moins affectée que je l'aurais cru par la mort de Norton. Si elle en souffrit profondément, en tout cas elle n'en montra rien.

Et ainsi, tout était fini…

Et pourtant si, je dois l'écrire.
Cela doit être dit.
Les funérailles avaient eu lieu. Je me trouvais en compagnie de Judith et essayais d'esquisser quelques projets d'avenir lorsqu'elle me dit :

— Mais je ne serai pas là, tu sais.
— Pas là ?
— Je ne serai pas en Angleterre.

J'ouvris de grands yeux.

— Je ne voulais pas te le dire avant, père. Je ne voulais pas te rendre les choses encore plus difficiles. Mais il faut que tu le saches, maintenant. J'espère que cela ne t'attristera pas trop. Je pars pour l'Afrique, vois-tu, avec le Dr Franklin.

J'éclatai. C'était impossible. Elle ne pouvait pas se moquer ainsi de la bienséance et des conventions sociales. Cela ferait inévitablement jaser. Être son assistante en Angleterre, surtout quand sa femme était vivante, c'était une chose, mais partir pour l'étranger avec lui, c'en était une autre. C'était impossible et j'allais le lui interdire absolument. Judith ne pouvait pas faire ça !

Elle ne m'interrompit pas. Elle me laissa finir avec un vague sourire :

— Mais, mon cher papa, je ne pars pas avec lui comme son assistante. J'y vais en qualité d'épouse légitime.

Ce fut comme si je recevais un coup sur la tête. Je dis, ou plutôt je balbutiai :

— Et… Allerton ?

Elle eut l'air amusé :

— Il n'y a jamais rien eu de ce côté-là. Jamais rien eu entre nous. Je te l'aurais dit si tu ne m'avais pas autant exaspérée. Et puis, cela m'arrangeait que tu penses, ma foi… ce que tu pensais. Je ne voulais pas que tu saches qu'il s'agissait de… de John.

— Mais, cet Allerton, je l'ai vu t'embrasser un soir, sur la terrasse.

— Oh ! bien sûr, répliqua-t-elle, agacée, mais j'étais malheureuse, ce soir-là. Ce sont des choses qui arrivent. Tu dois savoir ça, non ?

— Tu ne peux pas épouser Franklin déjà… si vite, repris-je.

— Bien sûr que si, je le peux. Je veux partir avec lui, et tu as dit toi-même que ce serait plus facile. Nous n'avons plus besoin d'attendre… maintenant.

Judith et Franklin. Franklin et Judith.

Comprenez-vous les idées qui me vinrent à l'esprit, les idées qui couvaient en moi depuis un certain temps ?

Judith avec un flacon à la main, Judith déclarant, de sa jeune voix passionnée, que les vies inutiles devaient laisser la place aux autres, Judith que j'aimais et que Poirot aimait, lui aussi. Ces deux personnes que Norton avait vues, s'agissait-il de Judith et de *Franklin* ? Mais dans ce cas... dans ce cas, non, ça ne pouvait pas être vrai. Pas Judith. Franklin, peut-être... Après tout, c'était un homme étrange, insensible, un homme qui, s'il avait décidé de tuer, pourrait tuer sans plus jamais s'arrêter.

Poirot avait voulu consulter Franklin.

Pourquoi ? Que lui avait-il dit ce matin-là ?

Non, pas Judith. Pas ma grave, ma jeune et jolie Judith.

Et pourtant, Poirot avait eu l'air si bizarre... Et avec quel étrange retentissement ses mots : « Et qui sait si, au lieu de vous réjouir, vous n'irez pas jusqu'à vous écrier : "Baissez le rideau !" » résonnaient-ils ?

Soudain, une idée nouvelle m'assaillit. Monstrueux ! Impossible ! Toute cette histoire de X ne serait-elle que pure invention ? Poirot était-il venu à Styles parce qu'il craignait que survienne une tragédie dans le ménage Franklin ? Y était-il venu pour surveiller Judith ? Était-ce à cause de *ça* qu'il s'était obstiné à ne rien me dire ? Parce que toute cette histoire de X n'était qu'un écran de fumée ?

Judith, ma fille chérie, était-elle au cœur de cette tragédie ?

Othello ! C'était *Othello* que j'avais pris dans la bibliothèque le soir où Mme Franklin était morte. Était-ce là l'indice ?

Judith qui, ce soir-là – quelqu'un l'avait fait remarquer – ressemblait à sa fameuse homonyme sur le point de trancher la tête d'Holopherne. Judith… la mort dans le cœur ?

19

J'écris ceci à Eastbourne, où je me trouve actuellement.

J'y suis venu pour voir George, l'ancien valet de Poirot.

George avait été de longues années à son service. C'était un homme efficace et terre à terre, absolument dépourvu d'imagination. Il exposait toujours les faits sans fard et prenait tout au pied de la lettre.

Je me rendis donc chez lui. Je lui annonçai la mort de Poirot, et George réagit comme devait réagir George. Très affecté, il s'arrangea néanmoins pour ne pas le montrer.

Je lui demandai :

— Il vous a laissé un message pour moi, n'est-ce pas ?

— Pour vous, monsieur ? Non, pas que je sache.

Surpris, j'insistai, mais il fut formel et j'abandonnai :

— J'ai dû me tromper. Bon, voilà. J'aurais voulu que vous soyez avec lui à la fin.

— Je l'aurais voulu aussi, monsieur.

— Mais si votre père était malade, il fallait bien que vous partiez.

George me lança un très curieux regard :

— Je vous demande pardon, monsieur, mais je ne vous comprends pas bien.

— Vous avez dû quitter Poirot pour vous occuper de votre père, n'est-ce pas ?

— Je ne voulais pas le quitter, monsieur. C'est M. Poirot qui m'a demandé de partir.

— Demandé de partir ? répétai-je en ouvrant de grands yeux.

— Je ne veux pas dire, monsieur, qu'il m'ait renvoyé. Il était entendu que je reviendrais à son service plus tard. Mais je l'ai quitté parce qu'il le voulait et qu'il m'assurait de très convenables appointements tant que je resterais ici, avec mon vieux père.

— Mais pourquoi, George, pourquoi ?

— Je ne saurais le dire, monsieur.

— Vous ne lui avez pas posé la question ?

— Non, monsieur. Je n'ai pas jugé bon de le faire. M. Poirot avait ses idées, monsieur. C'était un homme très intelligent, je l'ai toujours pensé, monsieur, et très respectable.

— Oui, oui, murmurai-je distraitement.

— Très méticuleux pour ses vêtements, bien qu'il ait eu tendance à les choisir sophistiqués et… et à l'étranger, si vous voyez ce que je veux dire. Mais ça, évidemment, c'est compréhensible puisqu'il était lui-même étranger. Ses cheveux aussi, d'ailleurs, ainsi que sa moustache.

— Ah ! ces fameuses moustaches !

En me rappelant combien il en était fier, mon cœur se serra.

— Il était toujours très méticuleux pour ce qui était de sa moustache, reprit George. Il ne la taillait pas très à la mode, mais ça lui allait bien, monsieur, si vous voyez ce que je veux dire.

Je répondis que je voyais très bien, puis je murmurai, avec tact :

— Je suppose qu'il la teignait, comme ses cheveux ?

— Il… euh… retouchait un peu sa moustache… oui, mais pas ses cheveux… pas dans les dernières années.

— Ridicule ! répliquai-je. Ils étaient noirs comme peut l'être un corbeau. On aurait presque dit une perruque tant ils avaient l'air peu naturel.

George toussota, gêné :

— Excusez-moi, monsieur, mais c'était une perruque. Comme M. Poirot perdait beaucoup ses cheveux, les derniers temps, il mettait une perruque.

Comme il est étrange, me dis-je, qu'un valet en sache plus sur un homme que son ami le plus intime !

Je revins à la question qui m'intriguait :

— Vous n'avez vraiment aucune idée de la raison pour laquelle M. Poirot vous a éloigné de cette façon ? Réfléchissez, mon vieux, *réfléchissez*.

George s'y efforça, mais il était clair que réfléchir n'était pas son fort.

— Je peux seulement supposer, monsieur, déclara-t-il enfin, qu'il m'a renvoyé pour pouvoir engager Curtiss.

— Curtiss ? Pourquoi aurait-il voulu engager Curtiss ?

George toussota de nouveau :

— Ma foi, monsieur, je ne saurais le dire. Quand je l'ai vu, il ne m'a pas paru être un... excusez-moi... très brillant spécimen, monsieur. Il était très fort physiquement, évidemment, mais il ne m'a pas semblé avoir la classe que M. Poirot pouvait attendre. Je crois qu'il avait été infirmier dans un asile, un certain temps.

J'ouvris de grands yeux.

Curtiss !

Était-ce la raison pour laquelle Poirot avait tenu à m'en dire si peu ? Curtiss, le seul homme auquel je n'avais jamais pensé ! Oui, et Poirot était satisfait que cela ait été ainsi, que je cherche le mystérieux X parmi les hôtes de Styles.

Curtiss !

Infirmier dans un asile... N'avais-je pas lu quelque part que ceux qui ont été les patients d'un asile y restent, ou y retournent quelquefois en qualité d'infirmiers ?

Un homme étrange, à l'air stupide... un homme qui avait pu tuer pour quelque obscure raison bien à lui ?

244

Et dans ce cas... dans ce cas...

Ah ! J'avais la sensation de voir un gros nuage noir s'éloigner de moi !

Curtiss... ?

POST-SCRIPTUM

Note du capitaine Hastings

Le manuscrit qui suit est entré en ma possession quatre mois après la mort de mon ami Hercule Poirot. Convoqué en effet par un cabinet d'avocats, je me suis vu remettre « selon les instructions de leur client, feu M. Hercule Poirot » une enveloppe cachetée. J'en reproduis ci-dessous le contenu.

Texte rédigé de la main d'Hercule Poirot

Hastings, mon très cher,

Quand vous lirez ces lignes, je serai mort depuis quatre mois. J'ai longuement hésité à les écrire, mais j'ai finalement décidé qu'il était nécessaire que quelqu'un connaisse la vérité à propos de la seconde « Affaire de Styles ». Je me hasarde aussi à penser que, d'ici là, vous aurez échafaudé les théories les plus extravagantes et que vous vous serez ingénié à vous faire souffrir vous-même au maximum.

Permettez-moi néanmoins, en préambule, de vous faire cette remarque : vous auriez dû, mon ami, parvenir aisément à la vérité. J'ai fait en sorte que vous possédiez en effet tous les indices. Si vous n'y êtes pas arrivé, c'est, comme toujours, parce que votre nature est beaucoup trop bonne et trop confiante. « À la fin comme au commencement. »

Vous *devriez* cependant à tout le moins savoir qui a tué Norton... et ce, même si vous êtes toujours dans le noir pour ce qui est de savoir qui a tué Barbara Franklin. Connaître l'identité du meurtrier de cette dernière vous causera d'ailleurs sans doute un choc.

Mais, afin de tout reprendre du début, vous devez vous rappeler comment et pourquoi je vous avais demandé de venir. Je vous ai dit que j'avais besoin de vous. C'était exact. Je vous ai dit que je comptais sur vous pour être mes yeux et mes oreilles. Cela aussi était exact, on ne peut plus exact... mais pas au sens où vous l'entendiez ! Vous deviez voir ce que je voulais que vous voyiez, et entendre ce que je voulais que vous entendiez.

Vous vous êtes plaint, mon ami, de ce que je ne me conduisais pas loyalement envers vous, de ce que je retenais mes informations par-devers moi. Autrement dit, de ce que je refusais de vous révéler l'identité de X. C'est la vérité même.

J'ai été obligé de le faire... quoique pour une raison différente – et que vous allez bientôt comprendre – de celles que je vous avais données.

Et maintenant, considérons cette histoire de X. Je vous ai communiqué le résumé de différentes affaires. Je vous ai fait remarquer que, pour chacune, il paraissait clair que la personne accusée, ou soupçonnée, avait réellement commis le crime en question, qu'il n'existait pas d'autre hypothèse. Je vous ai ensuite souligné le second fait important, à savoir que dans chaque cas X s'était trouvé ou bien sur les lieux, ou bien impliqué de très près. Vous en avez tiré une déduction, paradoxalement, à la fois vraie et fausse. Vous avez pensé que X était l'auteur de tous ces crimes.

Pourtant les circonstances étaient telles, mon ami, que dans chaque cas – ou presque – *seule* la personne accusée était en mesure d'avoir commis le crime. Mais alors, dans ces conditions, comment expliquer la présence de X ? Mis à part un membre de la police ou un homme de loi véreux, il n'est pas concevable qu'un même individu soit mêlé à cinq affaires de meurtre. Cela n'est jamais arrivé, comprenez-vous ? Il n'est jamais, au grand jamais, arrivé que quelqu'un vous dise en confidence : « Eh bien, figurez-vous que, moi qui vous parle, j'ai réellement connu cinq meurtriers ! » Non, non, mon cher, ça, ce n'est pas possible ! Il en résulte que nous sommes là devant un curieux cas de catalyse – c'est-à-dire de réaction entre deux substances qui ne se produit que lorsqu'elles sont mises en présence d'une troisième, laquelle semble ne prendre aucune part à la réaction et demeure inchangée. Voilà ce qu'il en est. Autrement dit, les crimes étaient commis là où X était présent, mais celui-ci n'y prenait aucune part active.

Situation extraordinaire, absolument anormale ! À la fin de ma carrière, j'étais enfin tombé sur le criminel parfait, celui qui avait inventé une technique telle qu'*il ne pourrait jamais être convaincu de meurtre.*

C'était stupéfiant. Mais ce n'était pas nouveau. Il existait bel et bien des antécédents. Ici entre en jeu le premier des « indices » que je vous ai laissés : *Othello*. Car nous avons là, magnifiquement décrit, le modèle de X. Iago est le meurtrier parfait. La mort de Desdémone et de Cassio, celle d'Othello lui-même, sont toutes l'œuvre de Iago, projetées par lui, réalisées par lui. Et lui-même reste en dehors du cercle, hors de tout soupçon – ou du moins aurait-il pu le rester. Car votre grand Shakespeare, mon cher, a eu à résoudre le dilemme que son art avait lui-même posé. Pour démasquer Iago, force lui a été de recourir au plus grossier des expédients – le mouchoir –, expédient qui ne cadre en rien avec les méthodes habituelles de Iago et bourde phénoménale dont on est bien certain qu'il ne se serait jamais rendu coupable.

Oui, on se trouve là devant l'art du meurtre poussé à son plus haut degré de perfection. Pas un seul mot d'incitation *directe*. Iago ne cesse de retenir les autres sur le chemin de la violence, de réfuter avec horreur des soupçons que personne n'avait eus avant qu'il en fasse lui-même état !

On retrouve la même méthode dans le brillant troisième acte de *John Ferguson*, où Clutie John, le simple d'esprit, pousse les autres à tuer l'homme qu'il hait – magistral exemple de suggestion mentale.

Il faut que vous vous mettiez bien dans la tête, Hastings, que chacun de nous est un meurtrier en puissance. À chacun de nous, le *désir* de tuer vient de temps à autre… mais pas forcément la volonté de tuer. Combien de fois n'avez-vous pas dit, ou entendu d'autres dire : « Elle m'a mis dans une telle fureur que j'aurais pu la tuer ! » ou bien « B., j'aurais pu l'étrangler pour m'avoir dit ça ! » ou encore « J'étais tellement en colère que j'aurais pu le supprimer ! » Et toutes ces déclarations sont parfaitement sincères. Dans ces moments-là, vous avez l'esprit on ne peut plus clair : vous avez envie de tuer Untel ou Unetelle. Mais vous ne le faites pas. Car il faudrait, pour passer à l'acte, que votre volonté donne son assentiment à votre désir. Chez les jeunes enfants, le frein n'est pas encore au point. Un gosse que j'ai connu, exaspéré un jour par son chat, après s'être écrié : « Reste tranquille ou je vais te réduire le crâne en bouillie », l'a effectivement fait et a été stupéfait, horrifié, lorsqu'il a compris que la vie ne reviendrait plus au malheureux animal, parce que ce chat, voyez-vous, il l'aimait tendrement. Ainsi donc, nous sommes tous des meurtriers en puissance. Et tout l'art de X consistait, non pas à suggérer le *désir* de tuer, mais à briser la résistance normale à ce désir. Un art perfectionné par une longue pratique. X savait trouver le mot juste, la phrase exacte et même l'intonation nécessaire pour suggestionner et appuyer chaque fois davantage sur le point le plus sensible. Et cela sans que la victime ne s'en doute. Ce n'était pas de l'hypnotisme : l'hypnotisme n'y serait pas parvenu. C'était quelque chose de plus insidieux, de plus dévastateur. C'était le rassemblement de toutes les forces d'un individu pour élargir une brèche au lieu de la colmater. Cela faisait appel à ce qu'un homme a de meilleur, combiné à ce qu'il a de pire.

Vous-même auriez dû vous en rendre compte, Hastings, parce que, vous aussi, vous en avez été la victime...

Peut-être commencez-vous maintenant à comprendre ce que signifiaient réellement certaines de mes remarques qui vous agaçaient ou vous mettaient mal à l'aise. Quand je disais qu'un crime allait être commis, je ne faisais pas toujours allusion au même crime. Je vous ai dit que j'avais un objectif en venant à Styles. J'y étais parce qu'un crime allait y être commis. Vous avez été surpris par ma certitude sur ce point. Mais si je pouvais en être aussi sûr, c'est que ce crime, voyez-vous, allait être commis... *par moi* !

Oui, mon cher ami, c'est étrange… risible… terrible ! Moi, qui n'admets pas le meurtre, moi, qui ai le plus grand respect pour la vie humaine, j'ai terminé ma carrière en commettant un meurtre. C'est peut-être parce que j'ai été trop content de moi, trop conscient de ma droiture, que j'ai été confronté à cet effrayant dilemme. Parce que, comprenez-vous, Hastings, il y a deux aspects à la chose. Je me suis assigné pour tâche, dans l'existence, de sauver l'innocent, de prévenir le meurtre, et c'était la seule façon d'y parvenir ! Ne vous y trompez pas, la loi ne pouvait rien contre X. Il était à l'abri. J'avais beau y réfléchir, je ne voyais aucun autre moyen d'assurer sa défaite.

Et cependant, mon ami, je ne m'y résolvais pas. Je voyais bien ce qu'il fallait faire, mais je n'arrivais pas à m'y décider. J'étais comme Hamlet, remettant éternellement le jour fatal… Et puis survint la tentative d'assassinat suivante, contre Mme Luttrell.

J'étais très curieux, Hastings, de voir si ce flair bien connu qui vous pousse à foncer droit sur l'évidence allait jouer encore une fois. Je n'ai pas été déçu. Votre première réaction a été plus ou moins de soupçonner Norton. Et vous aviez vu clair : Norton était notre homme. Vos soupçons ne reposaient sur rien, sinon sur la remarque parfaitement sensée, bien qu'un peu inconsistante, qu'il était insignifiant. Vous vous êtes approché là bien près de la vérité.

J'avais étudié soigneusement l'histoire de sa vie. Il était le fils unique d'une maîtresse femme. Il semblait n'avoir jamais eu le moindre don pour s'affirmer ou pour s'imposer aux autres. Il avait toujours été affligé d'une légère claudication qui, dès sa scolarité, l'avait empêché de prendre part aux jeux de ses condisciples.

L'un des faits les plus significatifs que vous m'ayez rapportés, c'est qu'on s'était moqué de lui à l'école parce qu'il avait failli tourner de l'œil à la vue d'un cadavre de lapin. C'était là, à mon avis, un incident qui avait dû laisser en lui une trace profonde. Son horreur du sang et de la violence avait nui à son prestige. Inconsciemment, il désirait sans doute se racheter en devenant téméraire et cruel.

J'imagine qu'il avait commencé très jeune à découvrir l'influence qu'il pouvait exercer sur autrui. Il savait écouter en silence et avec sympathie. Les gens l'aimaient bien, tout en le remarquant à peine. Il en avait d'abord conçu de l'amertume, puis s'en était servi. Il avait découvert à quel point il était facile, en choisissant les mots justes et les *stimuli* adéquats, d'agir sur ses semblables. Il n'était besoin pour cela que de les comprendre, de pénétrer leurs pensées, leurs réactions et leurs désirs secrets.

Vous rendez-vous compte, Hastings, comment pareille découverte peut nourrir un sentiment de puissance ? Lui, Stephen Norton, que tout le monde aimait et méprisait tout à la fois, il allait faire commettre aux gens des actes qu'ils ne voulaient pas commettre, ou – notez bien ça – qu'ils pensaient ne pas vouloir commettre.

Je le vois d'ici peaufinant son passe-temps favori... Et cultivant petit à petit un goût morbide pour la violence par personne interposée, cette violence qu'il ne pouvait physiquement assumer et qui lui avait autrefois valu d'être ridiculisé.

Oui, son passe-temps était devenu une passion, une nécessité ! C'était une drogue, Hastings, une drogue qui provoquait le manque aussi sûrement que l'opium ou la cocaïne.

Norton, l'homme doux et aimant, était un sadique masqué, un fanatique de la douleur, de la torture mentale. Ces dernières années, le monde en a connu une véritable épidémie : l'appétit vient en mangeant...

Il nourrissait deux passions, le sadisme et le goût du pouvoir. Il détenait les clés de la vie et de la mort.

Comme n'importe quel esclave de la drogue, il lui fallait sa dose. Il trouvait victime après victime. Je suis convaincu qu'il y a eu beaucoup plus que les cinq cas que j'ai effectivement découverts. Dans chacun d'eux, il a tenu le même rôle. Il a connu Etherington, il a passé un été dans le village où Riggs vivait et a trinqué avec lui au pub local. Il a rencontré Freda Clay au cours d'une croisière, a achevé de la convaincre que la mort de sa tante serait une bénédiction – un soulagement pour celle-ci et une vie de plaisir et d'aisance financière pour elle-même. Il a été l'ami des Lichtfield et, en lui parlant, Margaret

Lichtfield s'est vue en héroïne délivrant ses sœurs d'une condamnation à la prison perpétuelle. Et je suis persuadé, Hastings, que, n'eût été l'influence de Norton, *aucun d'entre eux n'aurait fait ce qu'il a fait.*

Et maintenant, venons-en aux événements de Styles. J'étais depuis quelque temps sur la trace de Norton. Lorsqu'il se lia avec les Franklin, je flairai aussitôt le danger. Il faut bien comprendre que même un Norton a besoin d'un élément à partir duquel il pourra se mettre à l'œuvre. Nul ne peut rien faire pousser sans l'existence d'une graine. Dans *Othello*, par exemple, j'ai toujours pensé qu'il y avait, déjà présente dans l'esprit d'Othello, la conviction – probablement fondée – que l'amour que lui vouait Desdémone tenait plus de l'adoration passionnée et irréfléchie d'une adolescente pour un guerrier célèbre que de l'amour raisonné d'une femme pour l'homme Othello. Il avait sans doute compris que Cassio était somme toute le partenaire idéal de sa jeune épouse et qu'elle finirait fatalement un beau jour par s'en rendre compte.

Les Franklin représentaient une merveilleuse perspective pour notre Norton. Ils offraient toutes sortes de possibilités ! À l'heure qu'il est, vous avez sans doute compris, Hastings, ce que n'importe quel individu sensé aurait parfaitement pu voir depuis le début, à savoir que Franklin et Judith étaient amoureux l'un de l'autre. Sa brusquerie à lui, sa manière de ne jamais la regarder, de se garder de toute espèce de courtoisie, auraient dû vous prouver qu'il l'aimait follement. Mais Franklin possède une grande force de caractère et c'est aussi un être d'une parfaite rectitude morale. Il est brutal et ne fait pas de sentiment dans son discours, mais il obéit à des règles strictes. Pour lui, un homme doit rester fidèle à la femme qu'il a choisie.

Judith, comme j'aurais cru que même vous pouviez le voir, était profondément amoureuse de lui et extrêmement malheureuse. Elle pensait que vous l'aviez compris, le jour où vous l'avez trouvée dans la roseraie. D'où sa fureur. Les gens de sa trempe ne supportent pas les manifestations de pitié ou de sympathie. C'était comme toucher une blessure ouverte.

Puis elle a découvert que vous pensiez que c'était d'Allerton qu'elle était éprise. Elle ne vous a pas détrompé, se protégeant ainsi d'une sympathie maladroite et d'une autre atteinte à sa blessure. Son flirt avec Allerton n'était que la recherche désespérée d'un réconfort. Elle savait exactement quel genre d'homme il était. Il l'amusait et la distrayait, mais elle n'a jamais eu pour lui le moindre sentiment.

Bien entendu, Norton savait très précisément d'où soufflait le vent. Il voyait différentes possibilités dans le trio Franklin. Je dois préciser qu'il s'est d'abord essayé sur Franklin lui-même, mais qu'il a fait chou blanc. Franklin est le type achevé de l'homme que les insidieuses suggestions de Norton n'auraient su atteindre. C'est un esprit clair, qui ne fait pas dans la demi-mesure et possède la conscience parfaite de ses sentiments et une totale indifférence aux pressions extérieures. De plus, son travail est la grande passion de sa vie, ce qui le rend infiniment moins vulnérable.

Avec Judith, Norton a eu beaucoup plus de succès. Il a très intelligemment joué sur le thème des vies inutiles. C'était pour elle un article de foi, et qu'il s'accordât avec ses désirs était un fait qu'elle refusait de s'avouer, tandis que Norton savait trouver là un allié de poids. Et il s'en est servi avec une grande perspicacité, prenant le point de vue opposé et ridiculisant gentiment l'idée qu'elle pourrait jamais avoir le courage de passer de la théorie à la pratique. « C'est le genre d'idée mal digérée que l'on a quand on est jeune mais que, fort heureusement, on n'applique jamais. » Sarcasme éculé mais qui marche encore si souvent, Hastings ! Ils sont si vulnérables, ces enfants ! Tellement disposés, bien qu'ils ne le voient pas de cette façon, à relever un défi !

Or, une fois l'inutile Barbara écartée du chemin, la route serait libre pour Franklin et Judith. Ce ne fut jamais dit, jamais avoué. On insistait au contraire sur le fait que le point de vue *personnel* n'avait rien à y voir, absolument rien. Car si Judith avait jamais reconnu qu'il y était pour quelque chose, elle aurait réagi avec violence.

Mais pour quelqu'un d'aussi profondément adonné au meurtre que Norton, un seul fer au feu ne suffit pas. Il voit partout des occasions de divertissement. Et il en a trouvé une chez les Luttrell.

Reportez-vous en arrière, Hastings. Rappelez-vous cette première soirée où vous avez joué au bridge. Norton a fait ensuite des commentaires à voix si haute que vous avez craint que le colonel Luttrell les entende. Évidemment ! Qu'il les entende, telle était bien l'intention de Norton ! Il ne perdait jamais une occasion de relever le comportement de Mme Luttrell, de le souligner... et finalement ses efforts ont été couronnés de succès. Cela a eu lieu sous votre nez, Hastings, et vous n'avez jamais compris comment. Les fondations avaient déjà été jetées : sensation croissante d'un fardeau à porter, de honte face aux autres, qui se résumaient en un profond et grandissant ressentiment envers sa femme.

Rappelez-vous exactement ce qui s'est passé. Norton dit qu'il a soif. (Savait-il que Mme Luttrell était dans la maison et interviendrait ?) Le colonel réagit immédiatement, comme l'hôte généreux qu'il est de nature. Il offre une tournée. Il part chercher des verres. Vous êtes tous assis dehors, près de la fenêtre. Sa femme arrive, et se produit l'inévitable scène dont il sait que vous l'entendez. Il sort. On aurait pu glisser sur l'incident en faisant mine de rien – ce que Boyd Carrington aurait réussi à merveille : c'est un être délicat, et il a la sagesse de l'expérience, bien que par ailleurs ce soit le plus pompeux et le plus ennuyeux personnage que j'aie jamais rencontré ! Exactement le genre d'homme que vous deviez admirer ! Vous-même, vous vous en seriez tiré sans trop de mal. Mais Norton se précipite, se met à parler lourdement, stupidement, soulignant son tact au point de le rendre criant et d'empirer les choses. Il bavarde à propos de bridge (rappel d'autres humiliations encore), parle sans raison d'incidents de chasse. Prompt à lui donner la réplique, exactement comme Norton l'avait prévu, cette vieille cervelle molle de Boyd Carrington sort son histoire d'une ordonnance irlandaise qui a tué son frère – histoire, Hastings, que *Norton a racontée à Boyd Carrington*, sachant très bien que ce vieil âne bâté la ressortirait si on le lui suggérait à bon escient. Et, comme vous voyez, l'ultime provocation ne viendra pas de Norton, mon Dieu, non !

Tout est donc en place. L'effet d'accumulation. Le point de rupture. Offensé dans sa générosité d'hôte, humilié devant les autres hommes de la compagnie, sachant qu'ils sont convaincus qu'il n'aura pas le courage de faire quoi que ce soit sinon se soumettre aux mauvais traitements... et tout à coup les mot-clés du sauvetage : fusil de chasse, accidents – l'homme qui a tué son frère – et soudain, se dressant, la tête de sa femme... « C'est sans risque, un accident... Je vais leur montrer... elle va voir ce qu'elle va voir... maudite soit-elle ! Je donnerais n'importe quoi pour qu'elle meure... Elle doit mourir ! »

Il ne l'a pas tuée, Hastings. Je pense, pour ma part, que, lorsqu'il a tiré, il l'a instinctivement manquée parce qu'il voulait la manquer. Après quoi... après quoi le charme diabolique a été rompu. C'était son épouse, la femme qu'il aimait en dépit de tout.

Un des crimes de Norton qui n'aura pas vraiment abouti.

Ah ! mais sa tentative suivante... Vous rendez-vous compte, Hastings, que c'était *vous* ? Retournez en arrière, faites appel à votre mémoire. *Vous*, mon honnête, mon cher Hastings ! Il a détecté tous vos points faibles... oui, et aussi tous vos côtés respectables et consciencieux.

Allerton est le type d'homme que vous détestez et craignez instinctivement. Le genre d'homme que, selon vous, il *faudrait* éliminer.

Et tout ce que vous avez entendu dire de lui, tout ce que vous avez pensé de lui, tout était vrai.

Norton vous raconte une histoire à son propos, une histoire absolument véridique pour ce qui est des faits (parce que si l'on veut aller au fond des choses, la jeune fille en question était en réalité de tempérament névrotique et souffrait déjà d'antécédents fâcheux). Cela frappe votre côté conventionnel et assez vieux jeu. Cet homme est le vilain, le séducteur, celui qui déshonore les jeunes filles et les pousse au suicide !

Norton incite aussi Boyd Carrington à s'entretenir avec vous. On vous pousse à « parler à Judith ». Et la réplique immédiate de Judith, comme on aurait pu le prévoir, c'est qu'elle fera ce qu'elle veut de sa vie. Ce qui vous fait augurer le pire.

Vous voyez maintenant les différents boutons sur lesquels Norton appuie. Votre amour pour votre enfant. Le profond sens des responsabilités d'un homme comme vous vis-à-vis de sa progéniture. L'importance que vous avez tendance à vous donner : « *Je* dois faire quelque chose. Tout dépend de *moi*. » Votre sentiment d'impuissance en l'absence du jugement avisé de votre femme. Votre loyauté envers elle : « Je ne dois pas faillir là où elle aurait fait front. » Pour ce qui est du côté moins noble de votre nature, votre vanité : vous pensez avoir, grâce à moi, appris tous les trucs du métier ! Et, pour finir, ce sentiment que la plupart des hommes éprouvent quand il s'agit de leur fille : la jalousie et la détestation irraisonnée pour l'homme qui veut la leur enlever. Norton a joué en virtuose sur tous ces registres. Et vous avez marché.

Vous vous laissez trop facilement prendre aux apparences. Vous l'avez toujours fait. Vous n'avez pas douté un instant que c'était à Judith qu'Allerton parlait, dans le pavillon d'été. Et pourtant, non seulement vous ne l'aviez pas *vue*, mais vous ne l'aviez pas même *entendu parler*. Et, si incroyable que cela puisse paraître, le lendemain matin encore vous pensiez qu'il s'agissait de Judith. Et vous vous êtes réjoui à l'idée qu'elle avait « changé d'avis ».

Mais si vous aviez pris la peine d'examiner les *faits*, vous auriez découvert aussitôt qu'il n'avait jamais été question que *Judith* aille à Londres ce jour-là ! Et vous êtes passé à côté d'une autre déduction évidente : il y avait quelqu'un qui devait partir pour la journée et qui était furieux de ne pas pouvoir le faire : Mlle Craven. Allerton n'est pas homme à se contenter de courir une seule femme à la fois. Sa relation avec Mlle Craven était allée beaucoup plus loin que le simple flirt qu'il entretenait avec Judith.

Non, encore une fois, il s'agit là d'une mise en scène signée Norton.

Vous avez vu Allerton et Judith s'embrasser. Puis Norton vous fait reculer et tourner le coin de la maison. Il sait très bien, sans aucun doute, qu'Allerton va retrouver Mlle Craven dans le pavillon d'été. Après une petite discussion, il ne vous retient pas mais il vous accompagne. La phrase que vous entendez prononcer par Allerton remplit magnifiquement son objectif et Norton vous entraîne rapidement, pour que vous n'ayez pas la possibilité de découvrir que la femme n'est pas Judith.

Oui, un virtuose ! Et votre réaction est immédiate, et en tout point ce qu'il attendait ! Vous donnez dans le panneau. Vous vous apprêtez à tuer.

Par bonheur, Hastings, vous avez un ami dont la cervelle fonctionne encore. Et pas seulement la cervelle !

Je vous ai dit, pour commencer, que si vous n'étiez pas arrivé à la vérité, c'était parce que vous étiez d'un naturel trop confiant. Vous croyez ce qu'on vous dit. Vous avez cru ce que *je* vous ai dit...

263

Pourtant, il ne vous aurait pas été difficile de découvrir la vérité. J'avais renvoyé George… pourquoi ? Je l'avais remplacé par un homme de moins d'expérience et visiblement beaucoup moins intelligent… pourquoi ? Je ne me faisais pas suivre par un médecin ; moi qui avais toujours été si soucieux de ma santé, je ne voulais pas entendre parler d'en voir un… pourquoi ?

Voyez-vous maintenant pourquoi vous m'étiez nécessaire à Styles ? J'avais besoin de quelqu'un *qui ajoute foi à mes dires sans jamais douter un instant.* Vous m'avez cru lorsque je vous ai dit que j'étais revenu d'Égypte en plus mauvais état que lorsque j'étais parti. Ce n'était pas vrai. J'étais revenu en bien meilleure forme ! Vous l'auriez compris si vous en aviez pris la peine. Mais non, vous m'avez cru. J'avais renvoyé George parce que je n'aurais pas réussi à lui faire admettre que j'avais perdu soudain toute force dans les jambes. George est prompt à saisir ce qu'il voit. Il aurait démasqué ma supercherie.

Comprenez-vous, Hastings ? Alors que je me prétendais réduit à l'impuissance et que je menais Curtiss en bateau, je n'étais pas le moins du monde impotent. Je pouvais marcher… en boitant.

Je vous ai entendu remonter ce soir-là. Je vous ai entendu hésiter, puis entrer chez Allerton. J'ai été immédiatement en alerte. J'étais déjà très préoccupé par votre état d'esprit.

Je n'ai fait ni une ni deux. J'étais seul. Curtiss était descendu dîner. Je me suis glissé hors de ma chambre et j'ai traversé le couloir. Je vous ai entendu dans la salle de bains d'Allerton. Alors aussitôt, mon ami, de la façon que vous désapprouvez tant, je me suis mis à genoux pour regarder par le trou de la serrure. On peut heureusement voir à travers, car la porte de la salle de bains n'est pas fermée à clé mais au verrou.

Je vous ai vu manipuler les comprimés de somnifère et j'ai compris ce que vous étiez en train de faire.

Alors, mon cher, j'ai agi. Je suis retourné dans ma chambre faire mes préparatifs. Lorsque Curtiss est remonté, je l'ai envoyé vous chercher. Vous êtes arrivé en bâillant et en m'expliquant que vous aviez mal à la tête. J'en ai fait aussitôt toute une histoire et j'ai insisté pour vous soigner. Pour avoir la paix, vous avez consenti à boire une tasse de chocolat. Vous l'avez avalée promptement pour pouvoir partir plus vite. Mais moi aussi mon cher, j'avais des comprimés de somnifère.

Et ainsi vous avez dormi… dormi jusqu'à ce que, au matin, redevenu vous-même, vous vous soyez réveillé horrifié de ce que vous aviez failli faire.

Vous étiez désormais sauvé : on ne recommence pas ce genre d'exercice, pas dès lors qu'on a recouvré son bon sens.

Mais cela m'a décidé, *moi*, Hastings ! Car tout ce que je pouvais savoir des autres ne s'appliquait pas à vous. Vous n'êtes pas un meurtrier, Hastings ! Et pourtant, vous auriez pu être pendu pour meurtre… pour un meurtre commis par un autre qui, aux yeux de la loi, aurait été tenu pour innocent.

Vous, mon brave, mon honnête Hastings, si respectable... si bon... si consciencieux... et tellement, oh ! tellement innocent !

Oui, je devais agir. Je savais qu'il ne me restait que peu de temps, et j'en étais heureux. Car ce qu'il y a de pire dans un meurtre, Hastings, c'est l'effet qu'il produit sur le meurtrier. Moi, Hercule Poirot, j'aurais pu être amené à penser que j'étais désigné par Dieu pour donner la mort à n'importe qui... Mais, par bonheur, je n'en aurais pas le temps. La fin viendrait bientôt. Et je tremblais que Norton réussisse avec quelqu'un qui nous était indiciblement cher à tous les deux. Je veux parler de votre fille.

Venons-en maintenant à la mort de Barbara Franklin. Quoi que vous en pensiez, Hastings, je ne crois pas que la vérité vous ait jamais effleuré.

Car voyez-vous, Hastings, c'est *vous* qui avez tué Barbara Franklin.

Mais oui, vous !

Il y avait, voyez-vous, un autre triangle à considérer auquel je n'avais pas suffisamment porté attention. À cet égard, ni vous ni moi n'avons eu vent des menées de Norton dans ce domaine. Mais je ne doute pas un instant qu'il ne se soit dépensé là tout autant qu'il a pu le faire ailleurs...

Vous est-il jamais venu à l'idée de vous étonner, Hastings, de ce que Mme Franklin ait tenu à venir à Styles ? À bien y réfléchir, cette vie à la campagne n'était pas du tout son genre. Elle aimait le confort, la bonne chère et, par-dessus tout, les contacts sociaux. Styles n'est pas gai ; la maison est mal gérée ; la région d'un ennui mortel. Et pourtant c'était elle qui avait voulu y passer l'été.

Oui, il y avait un autre triangle, dont Boyd Carrington était un angle. Mme Franklin était une femme déçue. C'était là l'origine de sa névrose. Elle était ambitieuse, à la fois sur le plan social et sur le plan financier. Elle avait épousé Franklin parce qu'elle espérait qu'il ferait une brillante carrière.

Il est brillant, mais pas comme elle l'aurait souhaité. Son génie ne lui apportera jamais les gros titres des journaux ni une réputation à Harley Street. Il sera connu d'une douzaine de ses pairs et publiera des articles dans des revues spécialisées. Le monde n'entendra pas parler de lui, et il ne fera certainement pas fortune.

C'est là qu'intervient Boyd Carrington, de retour d'Orient, qui vient d'hériter un titre de baronnet, un domaine splendide et une fortune considérable. Ce même Boyd Carrington a toujours eu un faible pour celle qui avait 17 ans lorsqu'il l'a connue et qu'il a failli demander en mariage. Il va à Styles, il suggère aux Franklin de s'y rendre aussi... et Barbara s'y précipite.

Il y a de quoi se taper la tête contre les murs ! De toute évidence, elle n'a rien perdu de son ancien charme pour cet homme riche et séduisant. Mais il est vieux jeu... ce n'est pas le genre d'homme à suggérer le divorce. Et John Franklin non plus n'est pas partisan du divorce. Si John Franklin venait à mourir, alors elle pourrait devenir Lady Boyd Carrington et, oh ! quelle merveilleuse vie elle aurait !

Pour Norton, j'imagine qu'elle était un instrument tout prêt à servir.

Tout cela n'était que trop évident, Hastings, quand on y pense. Ses premières tentatives destinées à montrer à quel point elle aime son mari. Elle en fait même un peu trop, murmurant qu'elle doit « en finir » parce qu'elle n'est pour lui qu'un fardeau.

Et puis elle adopte une toute nouvelle attitude : elle craint que Franklin veuille faire des expériences sur lui-même.

Cela aurait dû être si évident pour nous, Hastings ! Elle nous préparait à voir John Franklin mourir d'un empoisonnement à la physostigmine. Pas question, voyez-vous, que quelqu'un ait essayé de l'empoisonner, oh non ! c'est pure recherche scientifique ! Il teste cet alcaloïde sans danger, qui se révèle finalement mortel.

Seulement, la situation a évolué un peu trop rapidement. Vous m'aviez dit qu'elle avait été très mécontente de trouver Mlle Craven en train de lire les lignes de la main de Boyd Carrington. Mlle Craven était une jeune femme séduisante et de surcroît éminemment sensible aux charmes du sexe fort. Elle s'était essayée sur le Dr Franklin, mais sans succès – d'où son inimitié pour Judith. Elle a poursuivi avec Allerton, mais elle sait parfaitement qu'il n'est pas sérieux. Il est donc inévitable qu'elle louche du côté du riche et encore attirant sir William... et sir William n'est peut-être que trop disposé à se laisser attirer. Il avait déjà remarqué que Mlle Craven était une belle plante doublée d'une vertu peu farouche.

Barbara Franklin prend peur et décide de presser le mouvement. Plus vite elle deviendra veuve – une veuve pathétique, charmante mais pas inconsolable – mieux cela vaudra.

Or donc, après une matinée sur les nerfs, elle plante son décor.

Savez-vous, mon très cher ami, que je me dois de rendre hommage à la fève de Calabar ? Car elle a, cette fois-ci, dignement affiché ses vertus : elle a épargné l'innocent et fait périr le coupable.

Mme Franklin vous invite tous à monter dans sa chambre. Elle prépare du café à grand bruit. D'après ce que vous m'avez dit, sa propre tasse de café est à côté d'elle, celle de son mari de l'autre côté de la petite bibliothèque.

Et puis survient l'épisode des étoiles filantes, tout le monde sort sauf vous, mon ami, qui restez seul avec vos mots croisés et vos souvenirs. Et pour cacher votre émotion, vous faites tourner la petite bibliothèque, à la recherche d'une citation de Shakespeare.

Ils reviennent alors et Mme Franklin boit le café plein des alcaloïdes de la fève de Calabar qui était destiné à ce cher John, le savant, tandis que John Franklin boit la pure et simple tasse de café que s'était attribuée la très astucieuse Mme Franklin.

Vous voyez, Hastings, si on y réfléchit une minute, il ne me restait qu'une solution. J'avais bien compris ce qui s'était passé, mais je ne pouvais pas le *prouver*. Et si jamais on en venait à penser que la mort de Mme Franklin était due à autre chose qu'un suicide, les soupçons tomberaient inévitablement sur Franklin ou sur Judith. Sur deux personnes absolument innocentes. J'ai donc fait ce que j'étais parfaitement en droit de faire : j'ai forcé la note et rapporté avec une grande conviction les propos très peu convaincants de Mme Franklin concernant son désir d'en finir avec la vie.

Moi, je pouvais le faire, et j'étais probablement la seule personne à pouvoir le faire. Car ma déclaration avait du poids. En matière de meurtre, je suis expert, et si je suis convaincu qu'il s'agit d'un suicide, eh bien, alors, le suicide sera reconnu.

Je vous ai beaucoup étonné, et j'ai vu que vous étiez fort mécontent. Mais, Dieu merci, vous n'avez pas soupçonné le vrai danger.

Mais y penserez-vous encore après ma disparition ? Ne l'aurez-vous pas plutôt à l'esprit, lové au plus profond de vous tel un serpent maléfique qui, de temps à autre, relèvera la tête pour dire : « Et si c'était Judith… ? »

Ce n'est pas impossible. C'est pourquoi j'écris cela. Vous devez savoir la vérité.

Il y avait aussi quelqu'un que la thèse du suicide n'avait pas satisfait. C'était Norton. Il n'avait pas eu son dû. Comme je l'ai déjà dit, c'était un sadique. Il tenait à passer par toute la gamme des émotions, des soupçons, des craintes, des circonvolutions de la loi. Et il avait été privé de tout ça. Le meurtre qu'il avait planifié avait avorté sous son nez.

Mais à la fin il a entrevu, si l'on peut dire, une manière de compensation. Il s'est mis à faire des allusions. Auparavant, il avait prétendu avoir aperçu quelque chose avec ses jumelles. En vérité, il voulait donner l'impression qu'il avait vu Allerton et Judith dans une attitude compromettante. Mais comme il n'avait rien dit de précis, il pouvait utiliser cet incident de façon différente.

Supposons, par exemple, qu'il prétende avoir vu *Franklin* et Judith. Cela ouvrirait une toute nouvelle et intéressante perspective sur cette mort ! Cela pourrait semer le doute quant à la réalité de ce suicide...

Par conséquent, mon cher ami, je décidai que ce qui devait être fait devait l'être sur l'heure. Je fis en sorte que vous me l'ameniez le soir même dans ma chambre...

Je vais vous raconter exactement ce qui s'est passé. Norton, sans aucun doute, aurait été enchanté de me faire part de son histoire. Je ne lui en ai pas donné le temps. Je lui ai dit, clairement et sans détour, tout ce que je savais de lui.

Il ne l'a pas nié. Non, mon cher. Il s'est carré dans son fauteuil avec un petit sourire satisfait. Mais oui, un sourire satisfait, il n'y a pas d'autre mot pour décrire son expression. Il m'a demandé quelles étaient mes intentions. Je lui ai répondu que je me proposais de l'exécuter.

— Ah ! Je vois, a-t-il dit. Par l'épée ou par le poison ?

Nous étions sur le point de boire une tasse de chocolat. Il aimait les sucreries, Norton.

— Le plus simple, ai-je répondu, serait une coupe empoisonnée.

Et je lui ai tendu la tasse de chocolat que je venais de verser.

— Dans ce cas, m'a-t-il proposé, verriez-vous un inconvénient à ce que je boive dans votre tasse plutôt que dans la mienne ?

— Pas le moins du monde, ai-je répliqué.

En fait, c'était sans importance. Comme je l'ai dit, moi aussi je prenais des somnifères. Depuis le temps que j'en prenais tous les soirs, je m'y étais accoutumé, et une dose capable d'endormir M. Norton n'aurait que peu d'effet sur moi. La dose se trouvait dans le chocolat. Nous avons eu tous les deux la même. La sienne a agi en temps voulu, la mienne ne m'a presque rien fait, d'autant plus qu'elle était contrebalancée par mon tonique à la strychnine.

Et nous voilà arrivés au dernier chapitre. Quand Norton a été endormi, je l'ai installé dans mon fauteuil roulant que j'ai poussé jusqu'à sa place habituelle, dans l'embrasure de la fenêtre, derrière les rideaux.

Ensuite, Curtiss m'a « mis au lit ». Quand tout a été tranquille, je me suis relevé et j'ai roulé Norton jusque dans sa chambre. Il ne me restait plus alors qu'à me servir des yeux et des oreilles de mon excellent ami Hastings.

Vous ne vous en êtes peut-être pas aperçu, Hastings, mais je portais une perruque. Vous serez peut-être encore plus étonné d'apprendre que ma moustache était également fausse : ce détail, même George l'ignore ! Peu après l'arrivée de Curtiss, j'avais prétendu avoir accidentellement brûlé la mienne, et j'en avais aussitôt fait faire une réplique par mon coiffeur.

J'ai enfilé la robe de chambre de Norton, j'ai redressé le peu de ce qui me reste de cheveux gris et je suis allé frapper à votre porte. Vous avez fini par apparaître et vous avez jeté un regard ensommeillé dans le couloir. Vous avez vu Norton sortir de la salle de bains et rentrer dans sa chambre d'un pas claudicant. Puis vous l'avez entendu tourner la clé dans la serrure de l'intérieur.

J'ai alors remis la robe de chambre de Norton sur son dos, je l'ai allongé sur son lit et je l'ai tué avec un petit pistolet que j'avais acheté à l'étranger et que j'ai toujours gardé soigneusement enfermé, sauf une fois lorsque, personne n'étant dans les environs et Norton lui-même étant parti Dieu sait où ce matin-là, je l'ai posé ostensiblement sur sa table de nuit.

Puis, après avoir mis la clé de Norton dans sa poche, j'ai quitté sa chambre et refermé sa porte de l'extérieur, avec le double de sa clé, laquelle avait été en ma possession pendant un certain laps de temps. Et j'ai poussé le fauteuil roulant jusqu'à ma chambre.

Depuis, je rédige ces explications.

Je suis très fatigué, et les efforts que j'ai dû faire m'ont achevé. Je pense qu'il ne va pas se passer encore beaucoup de temps avant que...

Mais il y a encore deux ou trois points que je voudrais souligner.

Les crimes de Norton ont été des crimes parfaits.

Pas le mien. Il n'était d'ailleurs pas destiné à l'être.

Pour moi, la plus simple et la meilleure façon de le tuer aurait été de le faire ouvertement... disons par accident, avec mon petit revolver. J'aurais manifesté de la consternation, des regrets devant ce grand malheur, et on aurait dit : « Il est gâteux. Il ne s'est même pas rendu compte que son pistolet était chargé... le pauvre vieux, c'est triste de tomber si bas. »

Mais je n'ai pas choisi ce moyen-là.

Je vais vous dire pourquoi.

C'est parce que, Hastings, j'ai voulu être beau joueur.

Mais oui, beau joueur ! J'ai fait tout ce que vous m'avez si souvent reproché de ne pas faire. J'ai joué franc-jeu avec vous. Je vous en ai donné pour votre argent. J'ai joué le jeu. Vous aviez toutes les chances de découvrir la vérité.

Au cas où vous ne me croiriez pas, laissez-moi vous énumérer tous les indices.

Les clés.

Vous saviez, *parce que je vous l'avais dit*, que Norton était arrivé ici après moi. Vous saviez, *parce qu'on vous l'avait dit*, que j'avais changé de chambre après mon arrivée. Vous saviez, *parce que de nouveau vous en aviez été informé*, que sitôt que j'étais à Styles, la clé de ma chambre avait disparu et que j'en avais fait faire une autre.

Par conséquent, lorsque vous vous demandiez : « Qui peut avoir tué Norton ? Qui peut lui avoir tiré une balle en plein front avant de quitter la chambre apparemment fermée de l'intérieur puisque la clé était dans la poche de Norton ? » la réponse était : « Hercule Poirot qui, depuis qu'il était là, possédait un double de la clé de l'une des chambres. »

Quant à l'homme que vous aviez vu dans le couloir…

Je vous ai moi-même demandé si vous étiez sûr que l'homme que vous aviez aperçu était bien Norton. Vous avez été surpris. Vous avez supposé que je voulais vous suggérer que ce n'était pas Norton. Je vous ai répondu, tout à fait sincèrement, que ce n'était pas du tout le cas : évidemment, puisque j'avais pris assez de peine pour vous faire croire que c'était lui ! Puis j'ai avancé la question de la *taille*. Tous les hommes, vous ai-je dit, sont plus grands que Norton. Mais il y en avait un qui était plus petit que lui : c'était Hercule Poirot. Or, il est relativement facile, avec des talons, d'ajouter à sa taille.

Vous aviez dans l'idée que j'étais impotent. Mais pourquoi ? Uniquement parce que *je vous l'avais dit*. Et j'avais renvoyé George. Ce fut le dernier indice que je vous ai laissé : « Adressez-vous à George. »

Othello et Clutie John vous avaient montré que X était Norton.

Alors, qui pouvait avoir tué Norton ?

Seulement Hercule Poirot.

Si cela vous était venu à l'esprit, tout se serait mis en place, tout ce que j'avais dit et fait, mes inexplicables réticences... Les témoignages de mes médecins en Égypte et de mon propre médecin de Londres, déclarant que j'étais en mesure de me déplacer. Le témoignage de George au sujet de ma perruque. Le fait, impossible à dissimuler et que vous auriez dû remarquer, que je boitais beaucoup plus que Norton.

Et, pour finir, le coup de pistolet. Ma seule faiblesse. Je sais que j'aurais dû tirer dans la tempe. Mais je n'ai pas pu me résoudre à un tel effet d'asymétrie. Non, j'ai tiré symétriquement, bien au milieu du front...

Oh ! Hastings, Hastings... rien que cela aurait dû vous faire entrevoir la vérité...

Mais, après tout, cette vérité, peut-être l'avez-vous soupçonnée ? Peut-être que, ce que vous lisez là, vous le saviez déjà ?

Non, en réalité, je ne le pense pas…

Vous êtes trop confiant…

Votre nature est trop bonne…

Que pourrais-je ajouter d'autre ? Vous découvrirez, je pense, que Franklin et Judith connaissaient la vérité mais qu'ils ne vous l'auraient pas dite. Ils seront heureux ensemble, ces deux-là. Ils seront pauvres, ils se feront piquer par d'innombrables insectes tropicaux, attaquer par des fièvres étranges… mais nous avons tous une idée qui nous est propre de ce que doit être la vie idéale, n'est-ce pas ?

Et vous, mon pauvre Hastings solitaire ? Ah ! mon cœur saigne pour vous, mon cher ami. Voulez-vous, pour la dernière fois, écouter les conseils de votre vieux Poirot ?

Après avoir lu ceci, prenez un train, une voiture ou une série de bus et allez retrouver Elizabeth Cole, qui est également Elizabeth Lichtfield. Faites-lui lire cette lettre, ou relatez-lui ce qu'elle contient. Dites-lui que, vous aussi, vous auriez pu faire ce qu'a fait sa sœur Margaret. Seulement Margaret Lichtfield n'avait pas d'Hercule Poirot pour veiller sur elle. Délivrez-la de son cauchemar, montrez-lui que son père n'a pas été tué par sa fille, mais par ce gentil et compatissant ami de la famille, l'« honnête Iago » Stephen Norton.

Car il n'est pas juste, mon ami, qu'une femme comme elle, encore jeune et séduisante, refuse la vie parce qu'elle se croit marquée par le destin. Non, ce n'est pas juste. Dites-le-lui, mon cher, vous qui n'êtes pas encore non plus sans exercer d'attrait sur les femmes...

Sur ce, je n'ai plus rien à dire. J'ignore, Hastings, si ce que j'ai fait peut se justifier ou non. Non, je n'en sais rien. Je ne crois pas qu'un homme ait le droit de se substituer à la loi...

Mais d'un autre côté, je *suis* la loi ! Dans ma jeunesse, quand j'étais dans la police belge, j'ai tué un affreux criminel juché sur un toit et qui tirait en bas, sur les passants. En cas d'urgence, on proclame la loi martiale.

En ôtant la vie à Norton, j'ai sauvé d'autres vies, des vies innocentes. Et pourtant, je ne sais pas... Peut-être vaut-il mieux que je ne le sache pas. J'ai toujours été si sûr de moi... trop sûr de moi...

Mais maintenant, je suis très humble et, comme un petit enfant, je dis : « Je ne sais pas... »

Au revoir, mon cher. J'ai écarté les ampoules de nitrite d'amyle qui étaient à mon chevet. Je préfère m'abandonner aux mains du bon Dieu. Que sa punition, ou sa grâce, vienne vite !

Nous ne traquerons jamais plus de criminels ensemble, mon ami. Notre première traque, c'est ici, à Styles, qu'elle avait eu lieu. Comme la dernière...

Ce furent d'heureux jours que nous avons ainsi coulés.

Oui, ce furent de bien heureux jours...

(Fin du manuscrit d'Hercule Poirot)

Note finale du capitaine Hastings :

J'achève en même temps que vous ma lecture... Et je ne parviens pas encore à y croire...

Pourtant il a raison. J'aurais dû comprendre. J'aurais dû comprendre quand j'ai vu le trou fait par la balle de façon tellement symétrique au milieu du front.

Étrange – j'y pense maintenant –, l'idée qui m'était venue ce matin-là...

Ce trou au beau milieu du front de Norton... c'était comme la marque de Caïn...

POSTFACE

« *Il faut que vous vous mettiez bien dans la tête, Hastings, que chacun de nous est un meurtrier en puissance. À chacun de nous, le désir de tuer vient de temps à autre... mais pas forcément la volonté de tuer. [...] Ainsi donc, nous sommes tous des meurtriers en puissance. Et tout l'art de X consistait, non pas à suggérer le désir de tuer, mais à briser la résistance normale à ce désir.* »
Hercule Poirot quitte la scène

Hercule Poirot quitte la scène est l'un des deux romans qu'Agatha Christie écrivit pendant la Seconde Guerre mondiale, au tout début des années 1940, pour assurer à sa fille et à son mari une source non négligeable de revenus dans le cas où elle viendrait à décéder brutalement.

Elle avait l'intention de ne publier ce roman qu'après sa mort, sans doute parce qu'elle y mettait fin à la carrière de son détective, qu'elle l'y faisait mourir. Mais devant les sollicitations de son éditeur, qui la savait au faîte de sa gloire, elle autorisa sa publication. Le roman obtint un énorme succès. Une première édition anglaise cartonnée de 120 000 exemplaires s'épuisa rapidement. Et l'éditeur américain Pocket Books acheta les droits de publication du volume broché pour la somme rondelette de 925 000 dollars. En un an d'exploitation, il vendit 2 millions et demi d'exemplaires de Hercule Poirot quitte la scène *en format de poche !*

Un événement journalistique donne bien la mesure de la popularité sans pareille d'Hercule Poirot. Le 6 août 1975, le New York Times *fit figurer en première page une nécrologie d'Hercule Poirot, avec photographie, un honneur jusqu'alors réservé à fort peu de contemporains « réels ».*

« Hercule Poirot, un détective belge qui avait atteint la gloire internationale, vient de mourir en Angleterre. Son âge était inconnu. M. Poirot a acquis la célébrité comme enquêteur privé après sa retraite des forces de la police belge en 1904. Sa carrière, relatée dans les romans d'Agatha Christie, est l'une des plus illustres de la fiction policière. La nouvelle de sa mort, donnée par Agatha Christie, n'est pas inattendue. À la fin de sa vie, il était arthritique et avait des problèmes cardiaques. Il utilisait souvent un fauteuil roulant pour se déplacer et portait une perruque et de fausses moustaches pour masquer les signes de l'âge qui froissaient sa vanité. Dans sa grande période d'activité, il était toujours impeccablement mis. »

Le lecteur aura reconnu la description donnée par Agatha Christie de son personnage vieillissant dans Hercule Poirot quitte la scène : *un homme âgé, malade, apparemment impotent, mais dont les petites cellules grises fonctionnent toujours à plein régime. Ce qui vaut mieux, car il y affronte le "plus intéressant criminel de toute sa carrière"...*

Agatha Christie a déclaré quelle avait mis fin aux jours de son héros pour que nul écrivain ne soit tenté de reprendre son personnage et de lui faire vivre d'autres aventures (ce qui est arrivé à Sherlock Holmes, à Arsène Lupin, à Nero Wolfe et à quelques autres...)

Elle aurait pu imaginer que Poirot mette en scène sa propre mort de manière à faire condamner un coupable inatteignable. Elle a choisi de lui attribuer un rôle de justicier et, ce faisant, d'assassin, aussitôt « puni » par la justice immanente, avec sa propre complicité d'ailleurs. Pour un homme qui a toujours manifesté le plus grand respect pour la vie humaine, le dilemme a dû être terrible. « J'ai terminé ma carrière en commettant un meurtre. » Voilà une constatation paradoxale pour un détective !

C'est l'une des singularités de cet opus final du cycle Hercule Poirot. Une autre est le modus operandi – non de l'assassin, mais plutôt de celui qui inspire les crimes, qui sert de catalyseur et pousse les autres à assouvir leur désir de meurtre. Même le brave et honnête Hastings, soigneusement « remonté » par ce manipulateur pervers, succombera à sa machiavélique influence...

Mais *la plus belle idée de* Hercule Poirot quitte la scène *n'est pas là. Elle est d'avoir refermé le cycle en boucle en situant l'action du dernier roman là où se déroulait celle du premier : à Styles Court, lieu marqué déjà par un précédent crime comme par un maléfice. Elle est d'avoir réintégré Hastings dans l'orbe de Poirot après l'avoir laissé vivre sa vie en Argentine depuis 1937 et* Témoin muet, *et de lui avoir confié un rôle primordial qui n'est d'ailleurs pas celui d'un enquêteur.*

Structurellement, Hercule Poirot quitte la scène *est un roman policier très inhabituel, où l'enquête est reléguée au second plan, au profit de la description d'une atmosphère, d'un climat, dans lequel le crime se produit tardivement et qui se révèle bien plus proche des recherches menées par un Francis Iles/Anthony Berkeley que du registre classique de l'auteur.*

Ce retour à Styles Court est par ailleurs l'occasion d'une réflexion de l'auteur sur le passé, sur la nostalgie du passé révéré souvent comme un âge d'or et sur la pertinence de cette nostalgie. À Hastings, Poirot fait remarquer que le seul avantage du passé, c'est qu'il a déjà été vécu.

C'est pourtant lui qui, après avoir joué une dernière fois les « raccommodeurs de destinée » pour son vieil ami, termine sa missive posthume par ces mots :

« Ce furent de bien heureux jours... »
Et c'est là que le rideau tombe.
En 1975, ce n'est pas seulement Hercule Poirot qui quitte la scène. C'est toute une époque du roman policier qui donne sa dernière représentation.

Composition réalisée par FACOMPO (Lisieux)

Dépôt légal : juin 2014

Achevé d'imprimer en France en juillet 2021
par Dupliprint à Domont (95)
N° d'impression : 2021073684 - N° d'édition : 4655570/05